I0525435

Georg Queri wurde am 30. April 1879 in Frieding geboren. 1902 begann er seine journalistische Laufbahn als Lokal- und Gerichtsreporter bei den »Münchner Neuesten Nachrichten«; 1908 wurde er Chefredakteur des »Starnberger Land- und Seeboten«, daneben arbeitete er für die Zeitschrift »Jugend«, deren Redaktion er im Januar 1918 bis zu seinem Tod übernahm; im Ersten Weltkrieg arbeitete er eineinhalb Jahre als Kriegsberichterstatter für das »Berliner Tageblatt«. Zu seinen wichtigen literarischen Veröffentlichungen gehören Lieder (»Die weltlichen Gesänge des Egidius Pfanzelter von Polykarpszell«, 1909), Erzählungen (»Die Schnurren des Rochus Mang, Baders, Meßners und Leichenbeschauers zu Fröttmannsau«, 1910), Theaterstücke (»Matheis bricht's Eis«, 1918) und ein posthum erschienener Roman (»Der Kapuziner«, 1920). Literaturgeschichtlich bemerkenswert ist seine zusammen mit Ludwig Thoma herausgegebene erste Anthologie bayerischer Autorinnen und Autoren (»Bayernbuch«, 1913). Mit seinen umfangreichen volkskundlichen Sammlungen (»Bauernerotik und Bauernfehme in Oberbayern«, 1911, und »Kraftbayrisch«, 1912) geriet er ins Visier von Polizei und Staatsanwaltschaft. Wegen eines lebenslangen Leidens, das auf einen tragischen Unfall in frühester Jugend zurückging, starb Queri bereits mit vierzig Jahren am 21. November 1919 in München.

Rochus Mang

Die Schnurren des Rochus Mang

Baders, Meßners und Leichenbeschauers zu Fröttmannsau

Dem Volksmund nacherzählt von

Georg Queri

Mit Bildern von Karl Arnold

Herausgegeben und mit einen Nachwort
von Michael Stephan

Münchner Stadtbibliothek
Monacensia
Literaturarchiv und Bibliothek

allitera verlag

Georg Queri · Werkausgabe in Einzelbänden
Herausgegeben von Michael Stephan

edition monacensia
Herausgeber: Monacensia
Literaturarchiv und Bibliothek
Dr. Elisabeth Tworek

Weitere Informationen über den Verlag und sein Programm unter:
www.allitera.de

Bibliographische Information der Deutschen Nationalbibliothek

Die Deutsche Nationalbibliothek verzeichnet diese Publikation
in der Deutschen Nationalbibliographie;
detaillierte bibliographische Daten sind im Internet
über http://dnb.d-nb.de abrufbar.

November 2009
Allitera Verlag
Ein Verlag der Buch&media GmbH, München
© 2009 für diese Ausgabe: Landeshauptstadt München/Kulturreferat
Münchner Stadtbibliothek
Monacensia Literaturarchiv und Bibliothek
Leitung: Dr. Elisabeth Tworek
und Buch&media GmbH, München
Umschlaggestaltung: Kay Fretwurst, Freienbrink
Herstellung: Books on Demand GmbH, Norderstedt
Printed in Germany · ISBN 978-3-86906-045-3

INHALT

ANHANG

Zur Einführung

Rochus Mang ist ein unwichtiges Individuum, das in diesem Büchlein keine Rolle spielen soll. Er ist lediglich ein Typ, der Repräsentant für die Klasse von altbayrischen Bauern, die die natürliche Schwerfälligkeit überwunden haben und die heimliche Pfiffigkeit bereits in Humor umsetzen und laut werden lassen.

Rochus Mang: ein Verkünder bäuerlicher Geselligkeit. Sein Beruf erhebt ihn nicht über die Bauern, mit denen und neben denen er lebt; seine Ämter geben ihm einen winzigen Grad von Bildung mehr und seine Vielseitigkeit erweitert seinen Blick. Er ist der biedere Dorfbader mit bäuerlichen Manieren und durch seine standesgemäße Geschwätzigkeit zum Dolmetsch bäuerlicher Art berufen.

Darum und nicht aus zufälligen Ursachen mußte der Mann dem Buche Pate stehen.

Was gilt's, er existiert in Tausenden von Exemplaren? Ich will ihn in jedem Dorfe zeigen und in Funktion stellen, wenn die Präliminarien abgehandelt sind, die seine Zunge lösen.

Und dann erzählt der Typ Rochus Mang.

Wenn er reale Dinge schildert, bleibt er völlig im Horizont des Gemeinwesens seines Dorfes, selbst wenn er auf das Gebiet der Politik gerät. Wenn's aber zum Fabulieren kommt, dann greift er in den reichen Säckel, den der Volksmund eines ganzen Sprachgebietes mit Schnurren gefüllt hat seit anno dazumal, da die allgemeinere Belletristik in den Rollwagenbüchlein gipfelte.

Schnurren – das Märchen kennt unser Bauer nicht, oder er goutiert es nicht. Es ist ihm zu spät oktroyiert worden, um ihn in Besitz zu nehmen; Legenden über kühne Menschen, Soldaten, Räuber, Mörder, Wilderer sind ihm sympathischer; gruselige Geschichten von Hexen, Truden und Gespenstern sind ihm sehr interessant – aber die Schnurre zieht er allen anderen Fabelkünsten vor.

Dieser Favoritenrang mußte die Schnurre groß machen. Sie entstand aus lustigen Ereignissen als Ortsscherz, um, einmal geprägt, der lokalen Überlieferung für lange Zeiten erhalten zu bleiben und sich wohl auch ins Land hinaus zu verbreiten. Zu diesen bodenständigen Fazetien aber gesellte sich der neutrale Dorfwitz – den die einmal wachgerufene Lust am fidelen Fabulieren verlangte – mit dem ausgesprochenen Bedürfnis, sich im derben Scherz an Lebensmeinungen, an der Gesellschaftsordnung, an Moralthesen, am Stumpfsinn und an der Dummheit zu reiben.

Oft aber, sehr oft ist die Schnurre stark erotischen Charakters – es liegt nichts Verwunderliches in der Tatsache: die Erzählung schließt sich dem Wesen des Liedes an, die erotische Schnurre dem erotischen Volkslied.

Dem erotischen Volkslied? Ich ersuche den Leser, die brav bürgerlichen Volksliedersammlungen nicht als Gegenbeweise anführen zu wollen. Sie sind geläutert und versittlicht von vornherein und durch die Fülle der moralischen Einwände und verlegerischen Bedenken, die das und jenes lustige Liedlein dem Drucker entrissen, von allem Anfang an einseitig und seicht geraten und geben keine umfassende Charakteristik der Volksdichtung – ich spreche nur von der altbayrischen. Wenn ich eine der vielen landläufigen purifizierten Sammlungen lese, die sich beispielsweise »Tausend Schnaderhüpferln« betitelt, so weiß ich auf der Stelle eine Sammlung von tausend anderen zu geben, die einen sehr erotischen Einschlag zeigen. Weder die eine noch die andere vermag – gesondert – ein Volk genügend zu beleuchten; beide zusammen geben Licht und Schatten gleichmäßig, wenn gesunde Erotik wirklich den Charakter zu beschatten vermag – die Zeit der Männerbünde hat diese Begriffe etwas verwirrt.

Einen Schritt weiter in diesen Betrachtungen eines Folkloristen: der altbayrische Roman mit seinen Süßigkeiten hat längst den Groll der Gesunden heraufbeschworen. Er sündigt gegen die Naivitäten des Volkslebens und schwelgt in Trivialitäten; er vertuscht, verhimmelt, schwächt, angelisiert und entmannt – aber die Menge verschlingt ihn. Die Romanschreiber sprechen zu Millionen – die Lüge hat keine kurzen Beine und hinkt nicht; vor ihrem graziösen Pas bleibt die Wahrheit in ihrem uralten Schnekkentempo liegen.

Ein schöner Wahn, für Wahrheit kämpfen. Die Rentabilität liegt auf einem anderen Operationsfelde. Gleichwohl muß man Versuche machen: schürfen, schürfen im Volksleben und die echten Dokumente dieses Lebens zu Tage fördern, das Volkslied, die Volkserzählung. Der feine private Genuß, der in dieser Arbeit liegt, wiegt viel von dem auf, was ein ohnmächtiger Zorn an Verdruß brachte.

Hier also eine Sammlung von gut altbayrischen Dokumenten des Bauernhumors. Gott, vieles mag nicht mehr neu klingen – diese lustigen Dinger hat man sich mit Wohlgefallen weitererzählt. Gleichwohl gebe ich sie wieder, um sie nur einmal im Druck festzuhalten.

Vielleicht wär's notwendig gewesen, dem bäuerlichen Musengaul die Scheuleder vorzubinden, um den nun einmal bestehenden Gesellschaftsbegriffen über Sittlichkeit und Ästhetik zu genügen – aber ich habe mich nun so schön in die gute alte Zeit der Rollwagenbüchlein hineingelebt, daß ich die neue Ordnung der primitiven Begriffe nicht mehr verstehe. Ohne Scheuleder also.

Ein wenig Freimut kann verzeihlich sein. Es fällt mir auch eben ein, daß der Norddeutsche uns Altbayern gegenüber recht duldsam ist und mit Achtung und Hutab den gröberen Ton einer anderen Rasse respektiert; wär's nicht hübsch, wenn die altbayrischen Vormünder des guten Tones den Kern der eigenen Rasse mit mehr Achtung behandeln wollten? Es ist mir nun zweimal passiert, daß ein prononciert katholisches Münchener Blatt den Bauern eines Flachlanddorfes und den Bauern eines Bergdorfes empfahl, mich mit Schimpf und Schande hinauszujagen, als ich dort mein Wanderzelt aufgeschlagen hatte. Merkwürdig: die Bauern schüttelten die Köpfe und duldeten den Gast, der von ihrer Rasse war.

Starnberg, im Sommer 1911.
Georg Queri

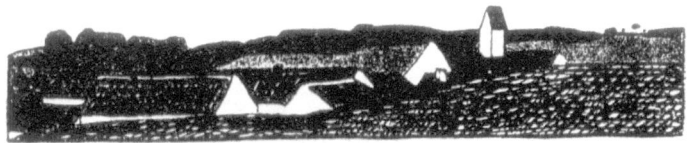

DER RAUBSCHÜTZ VON DER IRXENKLAMM

Der Gagger Franzl, der ist ein ganz wüschter Jäger. Der fürcht' sich nit Sünden und scheut den Teufel nit und frißt die Leut schier auf dem Kraut, auf die er einen Zorn hat. Wilderer hat er schon haufenweis zusammengschossen, der Gagger Franzl.

Da hat er immer eine Prügelfreud, wann er so ein' Lumpen über den Haufen gepelzt hat; und das erzählt er auch gern – aber nur in der Försterei: Wie der Petschauer Hias so einen Sprung gemacht hat am Grat von der Großen Wendt, daß man schier gemeint hat, er will noch einmal schuhplatteln, ein allerletztes Mal. Und sein Hütl ist hochaufgeflogen, akkurat wie beim Schuhplatteln!

Und wie der rote Tiroler vom Ammenderhof so wüscht geschrieen hat; war aber nur in der Hüften getroffen bei dem hundsmiserabligen Licht in der Mondnacht, das schon gleich der Teufel holen soll. Hätt ihm gar nit so viel ausgmacht, dem roten Tiroler, der Hüftenschuß; aber warum läßt er sich da droben auf der Hegginger Halt anschießen anstatt herunten, wo er nicht die schiechen vierzig Meter tief gefallen wär und hätt sich nicht seinen saudummen roten Schädel einghaut?

Und wie der krumme Maurer von der Illingsau an der Pöttinger Wand hat hinaufkraxeln wolln wie ein Laubfrosch und sind ihm auf einmal die Rehposten auf dem Sitzteil, daß sein Kreuz kaput war wie ein Zündhölzl. Dagelegen ist er wie ein Frosch, der krumme Maurer von der Illingsau.

Aber der von vorgestern, der stangenlange Kerl, der unverschämterweis an der Irxenklamm gepürscht hat, der hat's schnell aufgegeben, das Wildern. Man hat's ordentlich krachen hören, wie ihm die Kugel das Stirnbein durchschlagen hat.

»Ist schad«, sagte der Gagger Franzl, »daß ich ihn nit kennen tu. Ich derschieß nit gern einen, den wo ich nit kenn. Ich muß ihn doch noch einmal anschaun, den Kerl.«

Der Gagger Franzl nimmt sein Gewehr und geht in die Irxenklamm. Der schwarze Maurus begleitet ihn.

»Warum mußt ihn denn akkurat noch einmal sehn?« fragt der schwarze Maurus unterwegs.

»Hm. Ja weißt – –« Es paßt ihm nicht recht, dem Gagger Franzl, diese dumme Fragerei.

»Sag, Franzl!« drängt der Maurus.

»Wannst es schon wissen mußt«, sagt der Franzl, »dann darfst es auch ganz gewiß niemand weitersagen. Weißt, der Kerl hat halt gar soviel schöne Schuh angehabt. Und ganz neue waren's auch noch.«

Heut hat er sie schon angezogen, der Gagger Franzl. Ist schon wahr, es sind recht schöne Schuh.

Wie der Dokter dem Vierhäuslschneider sein schweres Leiden kuriert hat

Der Vierhäuslschneider ist zum Dokter gekommen nach Bayrisch Grainau und hat gesagt: »Herr Dokter, und ich hab ein so arg schweres Leiden, das wirst halt nit kurieren können.«

»Dann wirst halt den Totengraber was verdienen lassen müssen«, hat der Dokter zurückgegeben.

»Aber den Totengraber, und den will ich halt noch nichts verdienen lassen«, hat der Vierhäuslschneider gebrummt; »der tät mir keine einzige Maß mehr zukommen lassen, wann er mich in der Behandlung hätt, der Totengraber. Aber dich tät ich verdienen lassen, Herr Dokter – – magst aber wohl nit?«

»Alsdann, und was willst?«

»Ein soviel schweres Leiden hab ich halt. Und ich kann halt gar nichts mehr schmecken, und wann ich mein Maul aufmach, alsdann muß ich allweil eine Lug sagen!«

»Wann du so ein arg schweres Leiden hast, dann muß ich mich schon eine Nacht lang besinnen und muß in meinen Büchern ein bissel nachschauen, da wo die arg schweren Leiden drin stehen; und dann mußt halt morgen wieder herschauen.«

»Alsdann auf morgen. Adjes!«

Im Wirtshaus haben sie arg gelacht auf den Dokter seine Kosten. Und auf den Vierhäuslschneider seinen guten Witz. Und der Bader hat gesagt: »Jetzt wollen wir alsdann sehn, ob ein Dokter gar soviel gescheiter ist als ein Bader, wo auch nit ganz auf der Brennsuppen dahergeschwommen ist.«

In aller Früh ist am andern Tag der Vierhäuslschneider schon zum Dokter gekommen: und der Dokter soll nur gleich aufstehen, das Leiden wird immer ärger.

»Wann er sein Maul aufmacht, dann lügt er«, hat sich der Dokter denkt, »das ist schon so.«

Aber laut hat er gesagt: »Also schmecken kannst nix mehr?«

»Nein, schmecken kann ich nix mehr, und wann ich das Maul aufmach, alsdann muß ich eine Lug sagen.«

»So nimmst einmal diese Pillenkugel«, hat der Dokter gebrummt und hat ihm eine Pillenkugel gegeben.

Da hat sich der Vierhäuslschneider den Kopf gekratzt. Ein Vertrauen hat er halt nicht auf das Pillenzeug, wirklich nicht. Aber er nimmt die Medizin – in Gottesnamen.

Puh ... brrr. »Das ist fein nit gut, Dokter. Und da hast schon den helllichten Dreck vom Häusl hergenommen zu der Pillen!«

»Meinst?« hat der Dokter gesagt, »da bist alsdann schon kuriert. Indem daß du ganz richtig geschmeckt hast, und gelogen hast alsdann auch nit, Vierhäuslschneider: justament vom Häusl hab ich das Pillenzeug.«

DIE SEELENWANDERUNG

Dem alten Königshofer haben's die Stadtleut erzählt: daß es eine Seelenwanderung gibt und daß der Mensch keine Ruh nicht hat, wann er einmal im Grab ist, sondern daß er in einen Tierleib fahren muß mit seiner Seel.

Der Königshofer hat sinniert und sinniert, wann er mit seinen Ochsen gepflügt hat: und dann hat er's auch geglaubt, daß er einmal ein Tier werden muß.

»Jawohl, und ich muß einmal ein Viech werden!«

Der Herr Pfarrer hat bös geschaut, wie der Königshofer daherkommt in den Pfarrhof und tottraurig sagt: »Jawohl, und ich muß einmal ein Viech werden.«

»Wann das schon so sein muß«, hat dann der Herr Pfarrer gesagt, »so denk Dir's halt aus, was Du am liebsten sein möchst als ein Toter!«

»Und das hab ich mir schon ausdenkt, Herr Pfarrer, und ein Roß will ich werden.«

»Ein Roß willst werden? Kannst denn ausschlagen wie ein Roß und kannst auch wiehern?«

»Und das will ich schon lernen. Adjes, Herr Pfarrer.«

Der Königshofer hat sein Roß drei Wochen lang studiert, hat das Ausschlagen und das Wiehern gelernt, wie's der Herr Pfarrer verlangt hat. Dann auch das Haferfressen und das Laufen auf allen Vieren, was der Herr Pfarrer vergessen hat.

Überhaupt hat der Herr Pfarrer noch viel, viel vergessen.

Der weiß nicht, wie schwer daß es ist, wenn man ein Roß werden soll!

Dem Königshofer klappern die Zähne vor Angst, wie er wieder in den Pfarrhof kommt. »Und ein Roß kann ich halt nit werden, Herr Pfarrer!«

»Warum alsdann nit?«

»Ja, und das hab ich nun alles ausgestudiert, wie daß es ein Roß macht. Aber wie daß es halt die Äpfel verliert unterm Laufen, das hab ich vierzehn Täg probiert und das kann ich halt gar nie nit lernen!«

Wie der heilige Sankt Petrus nicht hat dreschen mögen

Einmal sind sie auf der Wanderschaft recht spät in der Nacht zu einem Bauern gekommen, unser Herr Jesus Christus und der heilige Sankt Petrus, und haben um Gotteswillen um eine Herberg gebeten.

»Gut«, hat der Bauer gesagt, »so will ich Euch beherbergen. Und ein Nachtessen sollt Ihr auch haben und ein Bett zu zweit, aber in der Früh um Drei, da müßt Ihr heraus und müßt mitdreschen.«

Sie haben gegessen und dann hat sie der Bauer zum Schlafen geführt. Das Bett ist aber an der Wand gestanden und die Wand ist recht feucht gewesen und darum hat der Spitzbub, der Petrus, gesagt: »Lieber Herr Jesus Christus, steig zuerst hinein. Ich bin es halt nit wert, daß ich zuerst hineinsteig.«

Der Herr Jesus Christus hat gar nix darauf gesagt und hat sich ruhig an die kalte Wand hingelegt.

Und alle zwei haben sie verschlafen.

Kommt der Bauer und schreit: »Aufstehn zum Dreschen!«

Hat sich aber keiner gerührt.

Da gibt der Bauer dem Petrus eine Watschen und sagt: »weilst so ein Fauler bist, Du!«

Das ist aber eine feste Watschen gewesen. Wenn's nicht so arg dunkel gewesen wär in der Kammer, so hätt man auf der Stell einen geschwollenen Backen sehen müssen.

»Nein«, hat sich der heilige Sankt Petrus gedacht, »da haben wir uns die Herberg und das Essen schon verdient mit der Watschen. Da wollen wir nit auch noch dreschen.«

Aber weil der Bauer so ein Grober ist und weil er wieder kommen kann zum Wecken, darum hat sich der Petrus denkt, er könnt noch so eine Watschen erwischen.

Und weckt unsern Herrn Jesus Christus, der noch fest geschlafen hat.

»Lieber Herr Jesus Christus, itzt hast die ganze Nacht an der kalten Wand geschlafen, itzt mußt Dich halt vorn hinlegen und aufwärmen. Ich will schon leiden für Dich und mich hinten hinlegen.«

Unser Herr Jesus Christus hat gar nix darauf gesagt und hat den Spitzbuben, den Petrus, hinten hinlegen lassen.

Kommt der Bauer wieder und schimpft: »So, die Höllsakra wollen noch nit aufstehn? Da muß halt noch einmal der Blitz einschlagen, daß Ihr seht, wie's schon Tag wird. Und itzt muß der Blitz bei dem da hinten einschlagen!«

Das ist aber wieder eine recht feste Watschen gewesen und dem heiligen Sankt Petrus hat die Nase geblutet.

Hat unser Herr Jesus Christus gesagt: »Und wo willst Dich itzt hinlegen, Peterl?«

»Nirgends«, hat der heilige Sankt Petrus gebrummt und dann sind sie weggegangen.

Aber auf dem Tennet haben auf einmal zwei Dreschflegel von selber zu dreschen angefangen und haben dem Bauern seinen ganzen Traid gedroschen.

Von den tapferen Zandlingern

Die Zandlinger stehen von alters her im Geruch der Tapferkeit. Herrgott, wann die zum Raufen gehn! Da ist immer Zandling Trumpf, wo die Zandlinger Burschen ins Feld ziehn. Und die Nichtzandlinger, die muß der Bader vernähen und verbinden.

Und niemals haben sie Prügel gekriegt, die Zandlinger, so tapfer sind sie.

Ja: die Stadt München bezieht alle ihre Hausknechte aus Zandling; die Starken, die Tapferen, die Kämpfer, die Hinausschmeißer.

Nie sind sie wehleidig, die Zandlinger; wann einer von denen sterben muß, dann stirbt er wie ein Löwentier, das keinen untapferen Schnaufer nicht tut.

Aber der Marchsteiner Pauli, und der hätt schier die Schand über die Gemeind gebracht und wär wehleidig geworden am Sterbbett.

»Wirst wohl nit jammern wolln«, hat da die Marchsteinerin ganz erbost zu ihrem Mann gesagt.

»Das nit, aber weil mir halt der Bauch so arg viel weh tut.«

»Hoho! Wo einem Zandlinger der Bauch gar niemals nit weh tun darf! Und indem daß der heili Sebastian auch keinen Schnaufer nit getan hat, wie daß sie ihm einen gespitzigen Pfeil in seine heilige Wampen hineingeschossen haben!«

»Aber wann ich auch nit um das Bauchweh jammern möcht, so ist es alsdann die Angst um das Fegfeuer; heiß kann ich halt gar nit verleiden!«

»Du! Wirst wohl nit auch dann im Fegfeuer ein Jammern anfangen wollen? Schämst Dich gar nit? Und wannst in die allertiefst Höll kommen tätst für Deine Sündhaftigkeit, alsdann darfst auch keinen Muckser nit tun und keinen Wehdam nit anmerken lassen. Nit daß sie sagen: die haben halt doch keine Schneid nit, die Zandlinger!«

»Auch in der allertiefsten Höll dürft ich nit jammern?«

»Nein, und auch nit in der allertiefsten Höll! Und Deinen Verspruch will ich darauf haben, daß Du das nit tust!«

»Alsdann, und so hast meinen Verspruch!«

Dann ist seine Seel aus dem Leib geflogen, seine tapfere Seel.

Und seitdem muß ein jeder Zandlinger am Sterbbett den Verspruch tun, daß seine Seel tapfer bleiben will, auch in der Höll.

FLURPROZESSION

An die Haderbacher Flur grenzen die Äcker vom Herrn Baron an, der ein Lutherischer ist aus Preußen und das Schloß gekauft hat, wie es auf der Gant war.

Der Herr Baron hat einen sehr guten Boden; da wächst alles viel besser als bei den Haderbachern, die lauter Moosgründ haben.

Drum machen sie eine Flurprozession, daß der liebe Gott ein Einsehen haben soll und daß was wächst wie bei dem Lutheraner.

Beim Baron kommen sie auch vorbei, an der Grenz, daß der Segen nicht hinüber kann. Siggra, saggra, der Weizen steht aber schön bei dem! Alle Haderbacher schauen neidisch hinüber.

Und der alte Mesnerpauli brummt: »Da schau dir's nur an, o du liebs Herrgöttle, wie du's bei dem Lutherischen wieder hast wachsen lassen!«

Und der Wiggerl, der Ministrantenbub, sagt vertraulich zum Herrn Pfarrer: »Wann wir jetzt aber doch den rechten Glauben nicht hätten?«

Und da ist es zum erstenmal passiert, daß in der Haderbacher Prozession der Herr Pfarrer den Watschenbaum hat umfallen lassen.

Was aus den hundert Hirschen des Dionys Pfezzerer geworden ist

Kommt der kleine Dionys Pfezzerer von der Schul heim und hat dem Vater was zu erzählen.

Das Büble hat immer was zu erzählen, wenn es von der Schul heimkommt. Denn vom Pfezzererhof in der Grafenau bis zum Schulhaus zu Simmen sind gut fünfviertel Stund' durch den Wald und über den Kefferer Steinbruch und an der großen Ach vorbei – da erlebt so ein Büble immer etliche Sachen.

Und diesmal sagt der kleine Dionys: »Weißt, was ich gesehn hab im Wald, Vater? Hundert Hirschen hab ich gesehn!«

»Büble, Büble, es werden wohl nit ihrer hundert gewesen sein!«

»Aber fünfzig müssen ihrer doch gewesen sein, fünfzig!«

»Auch nit fünfzig, Büble!«

»Aber zehn wann ihrer nit gewesen sind, dann müßt ich völlig lügen!«

»Stehn aber nit ihrer zehn so frei im Wald, wo sie nit viel Ruh haben wegen der Waldstraßen!«

Der kleine Dionys überlegt sich die Sache. Dann sagt er schmeichelnd: »Aber wann ich nur einen gesehn hätt, Vater – das tätst mir wohl glauben?«

»Büble, Büble, jetzt mag ich Dir auch den einzigen nit mehr glauben!«

Da sagt der kleine Dionys kläglich: »Was wär dann das gewesen, was so gerauscht hat im Wald?«

Vom Zecken Toni, den die Wildsäu gfressen haben

Der Förster von Sauerloh macht nicht viel Umständ mit den Wildpratschützen. Er hebt die Bix und hält so gut hin als er kann und schießt den Wildpratschützen über den Haufen.

Lauter Kernschüß tut er, der Förster von Sauerloh. Da fallen die

Wildpratschützen zu Boden wie ein Trumm Holz und rühren sich nicht mehr.

Getrost kann er dann heimgehen, der Förster. Die Wildsäu werden eh gleich kommen, und den Wildpratschützen anspeisen. Und in einer Stund ist von dem Kerl nichts mehr zu sehen als das Gewehr, das Hütl, das Gewand und die Schuh. Nein, die Schuh fressen sie auch halb zusammen, wenn das Leder gut eingeschmiert ist.

Und so haben sie den Zecken Toni von Gietersbachen auch gefressen. Er ist erst in den Zwanziger Jahren gestanden und hat ihnen recht gut geschmeckt. Hernach haben sie von seinem Hütl ein Stück aufgespeist, weil es gut durchgeschwitzt war und von den Schuhen haben sie das Oberleder gefressen.

Zwei Tag lang haben die Leut von Gietersbachen nach dem Toni gesucht. Wie sie ihn aber nicht gefunden haben, sagt der Luxn Kaschper zum alten Zecken: »Und Deinen Sohn, den werden wohl die Wildsäu gefressen haben!«

Darum ist der alte Zecken zum Förster nach Sauerloh gegangen und hat gesagt: »Und meinen Sohn, den wirst Du wohl den Wildsäuen verfüttert haben?«

»Weiß nit«, brummt der Förster.

»Indem daß er als ein Wildpratschütz in den Forst gegangen ist, wirst ihn wohl erschossen haben, Förster?«

»Weiß nit.«

Da hat der alte Zecken zu weinen angefangen.

»Himmelherrgott!« hat der Förster geflucht, »und ich kann ihn halt Dir nimmer geben. Sie haben ihn halt sauber zusammengefressen.«

Der alte Zecken hat noch bitterlicher geweint.

»Hörst nit auf mit der Winslerei!« hat der Förster geschrieen. »Ich kann ihn Dir halt nimmer geben. Und die Sauen haben Losung aus ihm gemacht und ein bißl ein Hütl und die Stiefelsohlen und die Hosen kannst noch finden am Grasegger Rain.«

Da hat sich der alte Zecken die Augen getrocknet. »Gott sei Dank«, hat er gesagt, »da haben sie alsdann die neue Hosen doch nit gefressen!«

Und ist nach dem Grasegger Rain zugegangen.

Pfingstwunder

Arg gern hätten die Höhenrieder einmal ein Wunder gesehen, weil der Herr Pfarrer immer davon erzählt hat und weil sie die Wunder gebraucht hätten für die Gemeinde.

Für den Luxen Kaspar hätten sie ein Wunder gebraucht: dem ist der Brückenwagen über die Knie gegangen und jetzt muß ihn die Gemeinde erhalten. Darum hätten sie ein Wunder gebraucht.

Für die Hahnaschlager Kreszenz auch eins: die ist mit dem fünften Kind schwanger gegangen und die Gemeinde muß schon für vier sorgen, weil sie nie einen Vatern weiß. Darum hätten sie ein Wunder gebraucht.

Und für die ganze Höhenrieder Flur ein Wunder: da hat der Schauer alles erschlagen und ist an eine Ernt gar nicht zu denken. Darum hätten sie ein Wunder gebraucht.

Aber wo soll der Herr Pfarrer die Wunder gleich haufenweis herbringen? Dazu sind die Menschen zu schlecht heutzutag, daß man ihnen mit Wundern unter die Arme greift und die Höhenrieder, die in der Kirch schlafen und im Wirtshaus wachen, sind überhaupt kein Wunder wert. Das hat er ihnen von der Kanzel heruntergesagt, der Herr Pfarrer.

»Hoho, hoho!« haben sie darnach im Wirtshaus aufrebellt. »Er wird halt keines nit machen können, kein Wunder!«

Sagt der Meßner zum Herrn Pfarrer, ob er wirklich kein Wunder nit machen könnt?

Allein nit, meint der Herr Pfarrer, zu einem Wunder täten immer zwei gehören. Der Herr Pfarrer und ein anderer.

Wer der ander wär?

Allweil müßt der Meßner der ander sein.

Da tät er freilich gern mit, sagt der Meßner.

»Ist gut«, sagt der Herr Pfarrer, »dann machen wir eins auf Pfingsten. Das machen wir so und so und so und so. Itzt weißt es, Meßner, wie daß wir das Wunder machen.«

»Ja, itzt weiß ich's.«

Und auf Pfingsten, da hält der Herr Pfarrer eine große Predigt gegen den Unglauben und schimpft die Höhenrieder zusammen, daß sie in keinen alten Schlappschuh mehr hineinpassen, so schlecht macht er sie. Und sagt ihnen, daß es schon noch Wunder

und Zeichen geben tät, um die Ungläubigen zu bekehren, aber die Höhenrieder sind's gar nit wert, daß sie so was erleben.

»Hoho, hoho!« brummen die Bauern.

»Jawohl, und das seid ihr halt nit wert. Und ich könnt euch schon eins zeigen, ein Wunder, gleich auf der Stell. Und den heiligen Geist könnt ich erscheinen lassen gleich auf der Stell in Gestalt einer Taube, wo in die Kirchen hereinfliegt!«

Da hat's die Bauern hin und hergeschüttelt vor Schaudern. Den heiligen Geist könnt er erscheinen lassen, der Herr Pfarrer!

Sie schauen hinauf auf die Decke, wo der Tod des heiligen Sankt Petrus hingemalt ist. In der Mitte von der Decke ist ein rundes Loch, da muß der Meßner zu Pfingsten immer eine gipserne Taube an einem Schnürl herabhängen lassen. Aber warum hängt da keine gipserne Tauben an einem Schnürl herab?

»Ich frage euch, oh Geliebte, warum hängt heut nit die gipserne Tauben herab am heiligen Pfingstfeste? Hängt sie darum nit herab, weil sie uns zerbrochen ist? Nein, sie ist uns nit zerbrochen, die gipserne Tauben, aber wir wollen heut sehen den heiligen Geist in Gestalt von einer lebendigen Tauben, auf daß er lebendig in eure ungläubigen und verstockten Herzen einziehe. Und nun denn, so komme auf uns herab, oh heiliger Geist!«

Da haben aber die Höhenrieder hinaufgeschaut in die Höh. Ist aber nit gleich kommen, der heilige Geist.

»So komm denn auf uns herab, oh heiliger Geist!« hat der Herr Pfarrer noch einmal gesagt.

Da hat der Meßner droben ganz weinerlich zur Antwort herabgerufen: »Ja, den hat mir itzt richtig die Katz zerbissen, den heiligen Geist!«

ZWEI PAAR FÜSS

Der Zusam Jörgele hat seinem Weib nie recht getraut.

»Sie wird's halt doch mit dem Knecht haben!« hat er dem Feichtl gesagt.

»Kannst's ihr nit nachweisen?«

»Wie und auf welche Weis soll ich ihr was nachweisen? Sie wird sich schier nit erwischen lassen.«

»Alsdann schaust halt fleißig nach im Bett. Und wann zwei Paar Füß im Bett sind, wird sie halt nit allein schlafen!«

»Alsdann wird sie halt nit allein schlafen!« hat der Zusam Jörgele gesagt und hat sich die Geschicht gemerkt.

Einmal hat er einen recht scharfen Verdacht gehabt, wie sein Weib recht früh am Abend ist schlafen gegangen und wie er hat noch dengeln müssen bis in die Nacht hinein.

Da ist er schnell in die Kammer gerannt.

»Weible, und wieviel Paar Füß sind im Bett?«

»Ich werd halt nur ein gotziges Paar haben!« hat das Weible gebrummt.

Da hat er nachgeschaut, der Jörgele. Richtig, nur ein Paar Füß.

Aber einmal, da ist er aus dem Schlaf erwacht und hat gemeint, er erwischt sie auf der Untreue.

Schau, es waren zwei Paar Füß im Bett.

»Weible, was tun die zwei Paar Füß im Bett?«

Das Weible ist erschrocken aufgewacht und hat gesagt:

»Schlafen sollen sie halt, die Deinen und die meinen!«

Am andern Tag hat der Zusam Jörgele zum Feichtl gesagt: »Du, wann in meinem Bett zwei Paar Füß liegen, dann werden's halt die meinen sein und die von meinem Weible!«

Sagt der Feichtl: »Wann aber drei Paar Füß im Bett liegen?«

»Drei Paar Füß? Dann werden schon ein Paar dabei sein, die nicht in's Bett gehören. Drei Paar Füß – itzt hast recht, Feichtl.«

Der Zusam hat sich's wohl gemerkt mit den drei Paar Füßen. Und einmal auf die Nacht hat er was gehört im Schlaf und ist aufgewacht.

»Weible, itzt sind's drei Paar. Itzt sind's wirklich drei Paar Füß; ich kann's greifen mit der Hand!«

»Nit wahr ist's!« hat das Weible erschrocken gesagt und hat dem Knecht die Decke über den Kopf gezogen, »nit wahr ist's!«

Da ist aber der Zusam aus dem Bett gestiegen und hat geflucht: »Und itzt will ich den Sakermenter herauskriegen!«

Und sucht das dritte Paar Füß, der Zusam.

»Siggra, saggra! Weible, es sind nit mehr als zwei Paar. Ich hab Dir halt wieder schwer Unrecht getan!«

Und steigt wieder ins Bett, der Zusam, und schnarcht weiter.

MEDIZIN

Der müßt nicht von der Karpetsriederau sein, der nicht weiß, wie viel gut die Medizin ist für die Bauernleut.

Die von der Karpetsriederau haben keinen Doktor und keinen Apotheker, aber Medizin können sie haben, schubkarrenweis. Der Bader Flinserer versorgt sie mit dem teuren Sach.

Der hat Dachsfetten und Schmalz von der grönländischen Löffelgans, der hat den schwarzbraunen Schmerztöter in dicken Flaschen, der hat kleine Pillen in schönen Schachterln, der hat alles, der Bader Flinserer.

Und alles schmeckt so gut aus seiner Apotheken und süß wie die Weinbeerln.

»Ich wüßt schon, was ich am liebsten essen tät«, sagt die Gorihoferin, »ich tät am liebsten eine ganze Apotheken essen.«

Und da meint sie die Apotheken von dem ehrengeachteten Herrn Bader Flinserer, die so süß schmeckt.

Ein kleines vernickeltes Thermometerl hat er auch, der Bader. Für kranke Leut und für's kranke Vieh.

Damit hat er einmal ein krankes Roß gemessen beim Zillibartl. Aufs Fieber hin. Am Freitag hat er's gemessen und am Samstag hat die Zillibartl Ev gesagt: »Das hat ihm halt gut getan, das Röhrl, das du ihm eingesteckt hast. Ganz gesund ist er wieder, der Bräundl.«

Freilich schaut sie der Bader etwas blöd an. Aber dann nickt er ernsthaft, der ehrengeachtet Herr Bader Flinserer.

Für den alten Kitschenthaler braucht er alle heiligen Zeiten einen guten medizinischen Trunk. Fehlen tut ihm nichts, dem Kitschenthaler; aber warum fehlt ihm nie was? Weil er die medizinischen Trankl zur richtigen Zeit einnimmt, daß ein böser Wehdam gar nicht in den Körper einziehen kann.

Und der Bader tut auch einen Wohlgeschmack hinein in die Trankl, daß sie wie ein alter Wachholder schmecken.

Der Berghäusl Simmer hat's einmal mit der Verstopfung gehabt.

Schier hätt ihm der Bader nicht helfen können mit dem ganz winzigen Pillenschachterl, das nicht größer war wie ein halber Gulden und nicht dicker als wie ein Brillenfutteral.

Drei Täg lang hat der Bader nachgefragt:

»Hat's doch schon gewirkt, das Pillensach?«

»Noch nit!« hat der Berghäusl Simmer gesagt, drei Täg lang.

Hat sich der Bader denkt: »Warum will's nit angreifen, das Mittel? Hab ich ihm vielleicht ein falsches geben?«

Ja, einmal hat er schon ein falsches erwischt, für den Langthoma Andresl. Freilich. Schwefelsäure ist drin gewesen und da hat's in der ledernen Hosen ein Loch gegeben.

Aber dem Simmer hat er doch keine solche Schwefelsäure nicht geben? Es war doch ein Pillenschachterl, freilich. Von dem die Weberzenz geschrieben hat aus Hirschenreuth:

»Lieber Bader, schieck mir nocheimal den Stulgang wo ich das lestemal gehabd hab.«

Das sind Anerkennungen!

Aber die Sach mit dem Berghäusl Simmer?

Der Bader kriegt's mit der Angst zu tun . . .

Aber am vierten Tag – Gott sei gelobt und seine Heiligen! – da hat der Simmer auf die Nachfrag schon anders geantwortet: »Itzt hat's gewirkt. Weißt Bader, bis daß halt der Magen den Deckel weggefressen hat von der Schachtel. Das ist halt nit so schnell gangen.«

»Bis daß halt der Magen den Deckel weggefressen hat – –« hat der ehrengeachtet Herr Bader Flinserer gesagt.

Ist sehr ernsthaft dabei geblieben, der Bader.

PFARRKÖCHIN

Der Herr Bischof ist auf seiner Visitationsreis' zum Pfarrer von Impenkett gekommen und hat alles schön gut und brav befunden an dem Seelsorger.

»Aber, daß Deine Köchin gar so viel jung ist, das will mir halt nit passen, Herr Pfarrer!«

»Ich tät schon eine ältere her, wann der Herr Bischof meint«, hat der Pfarrer gezittert.

»So, und wie alt wär die nachher?«

»Vielleicht wie ein altes Schweizer Kühle?«

»Ist recht«, hat der Bischof gesagt, »also wie ein altes Schweizer Kühle.«

Dann sind sie selbander ins Wirtshaus gangen zum Vespern. Und den Kirchenpfleger hat der Herr Bischof auch zum Vespern mitgenommen.

»Kirchenpfleger«, hat er dann gesagt, aber so leis, daß es der Pfarrer nit hat hören können, »wie alt wird denn so eine Schweizer Kuh?«

»Wann s' halt recht arg alt wird«, hat der Kirchenpfleger gemeint, »dann kann's schon sein, daß sie ihre achtzehn Jahr auf den Buckel kriegt.«

Die groben Mittenwalder

Das hab ich lang nicht gewußt, daß die Mittenwalder so grobe Leut sind. Und gemerkt hab ich auch nichts, wie ich einmal mit ihrer sieben auf der Post zu Mittenwald gezecht habe von Ein Uhr mittags bis nach Mitternacht.

Aber in Oberammergau, da sind die polierten und höflichen Schnitzersleut und die sagen: grob sind sie halt, die Mittenwalder!

Aber was hat der Herr Bischof eines Tags getan? Denen Oberammergauern hat er einen Pfarrer gegeben aus Mittenwald.

Ujeh! Aber er hat gar nicht so wie ein Grober ausgeschaut, der Herr Pfarrer.

Hat sich aber doch bald herausgestellt, daß er halt auch um kein Haar nicht besser ist als wie die andern Mittenwalder.

Da hat sich ein Weiberl zum Sterben hingelegt, die war achtundsiebzig Jahr und hat ein Engerl werden wollen im Himmel. Und darum hat sie den neuen Herrn Pfarrer an ihr Sterbebett kommen lassen.

»Hanni«, hat der Herr Pfarrer dann angefangen, »itzt werden wir halt ans Sterben denken müssen!«

»Oho!« hat die Hanni zurückgegeben. »Du grober Mittenwalder, Du, ist das auch noch ein Trost für ein Krankes?«

Und so ein Kraxentrager vom Ammergau, der ist auch ans

Sterben gegangen. War schon zweiundachtzig alt und hatte die Oberammergauer Herrgottle in seiner Kraxen durch das ganze Land verhausiert. Und darum hat der Herr Pfarrer mit einem schönen Vergleich angefangen: »Peter«, hat er gesagt, »itzt hast halt eine weite Reis vor Dir!«

»Ja, Herr«, sagt der Peter, »und das wär mir schon recht und nach Ulm sollt ich schon lang wieder hinüber ins Schwäbische; wann halt die Füß nur ein bissel besser wären!«

»Mein aber nit die Reis in's Schwäbische, sondern aber die Reis in's Himmlische, von der kein Mensch nit zurückkommen tut!«

»Bist halt ein grober Mittenwalder!« sagte der alte Kraxentrager; und dann ist er gestorben.

DER NOCH NÜCHTERN IST

In Birschanger hat der Herr Pfarrer Besuch bekommen, zwei Herr Pfarrer, die mit ihm auf der Schul gewesen sind und die gute alte Freund von ihm sind.

Da hat es dann ein großes Nachtessen gegeben im Pfarrhof. Den Birschangerer Kaplan hat das am meisten gefreut, weil ihn der Pfarrer sonst nie recht gut gefüttert hat und weil er mit dem Bier auch so arg gespart hat.

Hat immer gesagt: »Der Herr bewahre uns vor der Völlerei!«

Und der Kaplan: »Ja, der Herr bewahre uns vor der Völlerei!« Dann hat die Köchin immer gleich das Fleisch abgetragen und da war auch das Stückl dabei, das der Kaplan noch für's Leben gern gegessen hätt.

Oder der Herr Pfarrer hat gesagt: »Einen Bierkrug wann man aufmacht, dann fliegt der Teufel heraus und direkt in das Maul des Säufers hinein!«

Und der Kaplan: »Ja, direkt in das Maul des Säufers hinein.«
Und dann war's wieder nix mit der zweiten Halbe, die er noch
für's Leben gern getrunken hätt.

Freilich, da hat er recht dürr werden müssen bei so einem Leben.

Aber wie die zwei Herrn Pfarrer auf Besuch kommen sind, da hat
der Kaplan die schönen Sprüch nicht hören müssen und hat sich
voll angegessen wie noch nie und hat den Bierkrug so oft aufgemacht, daß ihm an die hundert Teufel in das Maul geflogen sind.

Der Herr Pfarrer hat vor lauter Lustbarkeit und bei dem vielen Erzählen auf seinen Kaplan gar nicht acht gegeben. Aber auch
nicht auf die Zeit und auf rein gar nix.

Und da ist's auf einmal drei Uhr gewesen in der Früh und der
Gockel hat schon gekräht.

»So!« hat der Herr Pfarrer gesagt.

»So!« sagen die zwei andern Herrn Pfarrer.

»Wer soll itzt die Frühmeß lesen, wann ein jeder über die Mitternacht weggetrunken hat? Das geht halt nit an, wann einer nit
ganz nüchtern ist.«

»Nein, das geht nit an!«

»Und der Kaplan ist auch nit nüchtern blieben!« hat der Herr
Pfarrer zu schimpfen angefangen.

»Oh, der ist freilich nüchtern. Der liegt schon seit Elfe unter
dem Tisch drunten und schlaft.«

»Gott sei Dank!« hat der Herr Pfarrer gesagt. »Alsdann kann er
die Frühmeß halten.«

DER GESCHWOLLENE BACKEN

An der Aach ist er gesessen und hat gefischt, der dumme Pauli!
Uh, hat der einen geschwollenen Backen gehabt! Der Finste-
rer Nazi hat ihm beim Fischen eine Zeit lang zugeschaut und hat
gesagt: »Hast aber einen arg geschwollenen Backen, Pauli!«

Der dumme Pauli: »Mh.«

»Da werden sie Dir halt gestern beim untern Wirt wieder eine
runtergewischt haben?«

Der dumme Pauli sagt gar nix drauf.

»Oder hast wieder im Stall geschlafen und die Kuh ist Dir auf die Leetschen getreten?«

Keine Antwort.

»Da bist aber dumm, wann Du Dich mit einem solchen Backen zum Fischen hinsetzen tust. Da wird's ja immer ärger!«

»Aber halt nit!«

»Meinst wohl, er wird kleiner, der Backen, Du dummer Pauli!«

»Das mein ich. Und wann ich sie alle heraußen hab, wird er gar nimmer geschwollen sein. Weil ich in dem Backen meine Würm drinnen hab.«

ZWIESCHLÄFRIGE LEUT

So ein Jäger ist dir aber nit auf's Maul gefallen. Wann du wildern gehst, dann brennt er dir eine Kugel auf die Haut, und wann du ihm im Wirtshaus den Maßkrug aufsetzst, dann packt er auch einen; und wann du spöttelst, dann spöttelt er auch.

Nein, so ein Jäger ist nit auf's Maul gefallen!

Da hat die Wachtmeisterin einmal an dem Lipp vom Gagginger Revier ihre böse Zung probiert.

Die Wachtmeisterin, das ist aber keine Frau Wachtmeisterin mehr, sondern eine Wittib und führt dem Benefiziaten von Polykarpszell den Haushalt.

Aber bei dem Jäger Lipp, da führt die Hafner Stasi den Haushalt.

Und da hat die Wachtmeisterin immer gesagt, es ist nicht ganz sauber zwischen dem Lipp und der Stasi und es tät sie wundern, wann nicht bald ein Büberl oder ein Mäderl im Jägerhaus schrein tät.

»Es ist eine Schand und ein Spott, Hochwürden!« hat die Wachtmeisterin immer zu ihrem geistlichen Herrn gesagt.

Bis der Herr Benefiziat einmal die Sach in die Hand genommen hat. Aber er hat's fein angepackt; nit lang ins Gewissen geredet und nix von der Höllen gemeint, sondern er hat zu der Stasi nur auf der Straße gesagt: »Grüß Gott, Frau Jägerin!«

Sonst gar nix.

Aber die Stasi hat einen roten Kopf bekommen und ist wie eine Wilde heimgerannt und hat dem Lipp die bittersten Vorwürf gemacht.

»Das werden wir schon kriegen!« hat der Lipp gesagt.

Und am Sonntag hat er sich vor die Kirchtür zu den Burschen hingestellt und wie der Benefiziat gekommen ist und hat in die Sakristei wollen, da hat der Lipp laut gesagt: »Guten Morgen, Herr Wachtmeister!«

Sonst hat er gar nix gesagt, der Lipp.

Der Benefiziat auch nicht mehr.

Die Stiefel des Messner Hans

Wie der Herr Baron einen gesucht hat, der ihn bedient auf seinem Jagdhäusl in Kröpfstetten, da hätt er schier keinen finden können.

Geht der Herr Baron also zum Pfarrer und sagt: »Hochwürden, ich tät einen Mann brauchen, der im Jagdhäusl schafft und aufräumt und meine Stiefel putzt.«

»Einen wüßt ich schon«, sagt der Pfarrer, »und das wär der Meßner Hans. Der mag schon ein kleines Geld verdienen.«

Gut, der Meßner Hans kommt zum Herrn Baron.

Wie er drei Tag lang geschafft hat, sagt der Herr Baron: »Weißt Meßner, Du bist mir grad nit unrecht, aber Deine Stiefel stinken so viel. Mit was schmierst sie denn ein, die Stiefel?«

»Mit einer Fetten schmier ich halt meine Stiefel ein.«

»Stinkt aber, die Fetten. Schmier sie Dir lieber nicht ein.«

»Is auch recht.«

Der Meßner Hans schmiert am andern Tag seine Stiefel nicht mehr.

Aber der Herr Baron schreit: »Hast sie schon wieder geschmiert, die Stiefel? Die stinken ja schon wieder!«

»Heut hab ich sie aber justament nit geschmiert, die Stiefel. Da wird noch ein bissel ein Geruch von früher dran sein.«

Aber wie eine ganze Wochen vergangen ist, da hat's der Herr Baron wieder mit dem Geruch zu tun.

»Zum Teufel«, schreit er, »wann hören denn die auf zu stinken, die Stiefel?«

»Die Stiefel?«

»Jawohl, die Stiefel!«

Da muß aber der Meßner Hans wirklich lachen. Die Stiefel! Die Stiefel!

»Sakrament, was lachst, Meßner?«

»Da sollt ich nit lachen? Das sein ja gar nit die Stiefel, wo so stinken. Das hab ich jetz schon heraus: Das sein meine Füß!«

»Deine Füß?«

»Ja, und da kann man halt nix machen. Die hab ich noch gar nie nit eingeschmiert.«

»Nein, da kann man auch nichts machen«, sagt der Herr Baron.

Aber den Meßner Hans, den hat er zum Teufel gejagt.

EINE MASS IM TAG

D em Seesimmer Wastl geht's nit gut im Austrag. Die jungen Leut geben ihm zu essen, aber vom Trinken, da wollen sie gar nichts wissen.

Und wann der Wastl hundertmal meint: eine Maß Bier könnt dem Leib nit schaden, dann meint der junge Bauer: sie könnt halt doch schaden, die eine Maß. Und frisch Wasser macht klare Augen und die Leut, die saufen, die gehören zum Teufel sein' Haufen.

Der Wastl möcht rein heulen vor Zorn über die Sprüch. Aber das Heulen wird halt auch nit zum Bier helfen.

Vielleicht hilft die liebe Frau von Sankt Heinrich? Die und das Kindlein auf ihrem Arm haben schon vielen Leuten geholfen; dem Pfisterer Martl, der den Bandwurm gehabt hat, dem Binder von Schlehdorf, den das Roß bissen hat, und dem Kammerlocher, der in Gilgendorf seinen Geldbeutel verloren hat. Nach drei Täg hat er ihn wieder gefunden, den Geldbeutel.

Darum ist der Seesimmer Wastl nach Sankt Heinrich gewallfahrtet: »Und ich bitt Dich um ein recht langes Leben, wann ich nur eine Maß Bier hab im Tag. Nur eine einzige Maß Bier!«

So laut betet er schon, der Wastl, daß es der Meßner auch hören muß.

Und der brummt: »Trink Wasser, trink Wasser!«

Der Wastl guckt verdutzt zu der Lieben Frau auf. Schau, das Kindlein auf ihrem Arm, das sieht so aus, als wenn es gerade den Mund zugetan hätt'.

Da kommt sie ihm freilich, die Gall. Und da muß er doch auch seine Meinung sagen: »Du bist still, Du! Ich hab nit mit Deiner geredt, ich red itzt mit Deiner Mutter!«

ZWEISCHLÄFRIG

Der Herr Bischof hat bös geschaut, wie er in dem Schlafzimmer vom Herrn Pfarrer zwei Betten hat nebeneinander gefunden.

»Da schlaf ich, in dem Bett!« hat der Herr Pfarrer gemeint.

»Aber wer schlaft in dem andern Bett?«

»Ja, weil ich halt gar keinen Platz nit hab im Haus, so schlaft halt die Köchin in dem andern Bett.«

Wie aber der Herr Bischof daraufhin gar so erschrocken ist, hat der Pfarrer gesagt: »Sieht denn der Herr Bischof das Nudelbrett nit, das ich hineingesteckt hab zwischen die zwei Betten?«

»Und wann ich auch das Nudelbrett seh, so seh ich auch den bösen Feind auf dem Nudelbrett. Aber was tut der Herr Pfarrer, wann die Stunde der Versuchung über ihn kommt!«

»Ja«, sagt der Pfarrer, und er hat seinen Mund an des Bischofs Ohr, »dann tu ich es halt weg, das Nudelbrett!«

DAS PROPHYLAKTIKUM

Da ist ein ganz kleines Dörferl in Tirol, das heißt Pizzen und hat etliche vierzig Einwohner. Die täten die hohen Feiertäg soviel gern in Ehren halten, die vierzig Leut, aber es ist halt nix los in Pizzen an den hohen Feiertagen. Vielleicht trinkt einer ein

paar Rötele mehr an solchen Tagen und vielleicht tanzen sie dann einmal auf dem Tennenboden – aber das ist auch alles.

Wenn sie wenigstens wohin gehen könnten zum Gaudieren, die Pizzener; aber das ist auch nichts: nach Gratsammen sind's vier

Stund – und in Gratsammen ist ja auch nichts los – und nach Pfeirachen sind's gar sechs Stund, aber da ist der Rötele gar nicht so gut als wie in Pizzen. Höchstens, daß man nach Saguz gehn könnt, wo gerauft wird und wo man einem noch die Augen mit dem Daumen ausdrucken darf beim Raufen.

Darum müssen sie schon daheim bleiben an den hohen Feiertagen, die Pizzener.

Dann schauen sie, daß was mit dem Tanzen zusammengeht auf dem Tennenboden. Und wenn nachher auch die Zeit da ist, und die Kinder auf die Welt kommen, überflüssigerweis, das ist ganz gut für das Dörfl Pizzen. Dann wird es doch auch einmal über seine vierzig Einwohner hinauskommen. Und wenn einmal recht viel Kinder da sind, wo das Tanzen dran schuld ist, dann muß der Herr Bischof den Pizzenern doch einen Pfarrer schicken, von wegen der Sündhaftigkeit im Dörfl. Und für die vielen Kindl muß halt dann auch ein Lehrer her.

Dann ist endlich was los in Pizzen; und die Gratsammener kommen nach Pizzen, weil sie einen guten Rötele haben wollen. Und die von Saguz, weil die Pizzener auch gern raufen und den Daumen setzen.

Vorderhand aber – Du lieber Gott!

Nur einmal im Jahre schickt der Pfarrer von Gratsammen seinen Kooperator nach Pizzen in die alte Kapellen. Das ist am Kirchweihtag. Er kommt gern, der Kooperator, weil der Pizzener Rötele so gut ist.

Der Bader von Gratsammen kommt immer mit dem Kooperator. Der Kooperator für die sündhafte Seel, der Bader für den Leib.

Und wenn der Kooperator fertig ist, dann fängt der Bader an.

Dann sitzen die Bauern auf der Kirchhofmauer und bekommen ihr Klystier. Das ist ein Prophylaktikum, sagt der Bader, und das muß schon was besonderes sein und für ein ganzes Jahr taugen von Kirchweih zu Kirchweih, wann es einen solchen Namen hat, das Klystier.

Und will auch ein jeder seine ordentliche Portion, daß sie herhält für das Jahr.

Zahlt auch gern ein jeder Pizzener die zehn Kreuzer, die der Bader verlangt.

Natürlich, der Castozzer, der ein recht Habsüchtiger ist, der

Castozzer hat sich einmal das Prophylaktikum einspritzen lassen und hat nachher gesagt: »Ein Geld hab ich aber nit, Bader!«

»Ein Geld hast Du aber nit, Castozzer?« hat der Bader zurückgeben. »Glaub aber schier nit, daß Du den Bader von Gratsammen wirst frozzeln können, völlig nit!«

Spricht's, der Bader, und setzt dem Castozzer das Werkzeug wieder an und entzieht ihm das Prophylaktikum wieder.

Und hat's dem nächsten Pizzener verabreicht, der Bader von Gratsammen.

VOM ALTEN MÜHLTHALER, DER VERSOFFEN IST

Da wo die Würm aus dem Würmsee herausfließt, da gibt es viel Fisch, Forellen und Eitel. Und Krebsen und Aal auch, lange glatte schwarze, die wie die Nattern aussehen. Die Leut in der Stadt zahlen die langen Kerl gut.

Darum muß man ein altes, stinkiges Fleisch in die Reissen legen und da schlüpfen dann die Aal auch hinein. Ziehst dann die Reissen auf, tust die Aal heraus und verkaufst sie in die Stadt.

Die in der Stadt wissen ja nit, was für Zeug sie zusammenessen; diese Aal da, die am liebsten da umeinanderschwimmen, wo die Sachen vom Häusl hergehen. Oder wo ein toter Hund liegt. Oder wo ein Mensch ersoffen ist, den speisen sie auch an, den versoffenen Menschen.

Und grad da, wo die Würm aus dem Würmsee herausfließt, da ist der alte Mühlthaler versoffen, wie er in seinem Rausch den Weg nach Kempfenhausen verfehlt hat in der Nacht. Der Würmfluß hätt ihn gern weggeschwemmt nach Leutstetten zu, aber es sind alte Stauden im See und verfaulte Bäum, und die haben den Weg verlegt und den Mühlthaler bei sich behalten.

Hat ihn ein Monat lang kein Mensch gefunden.

Da sagt die Mühlthalerin zu den zwei Buben: »Buben, suchts, vielleicht liegt er im See drinn, der Großvater.«

»Das kann schon sein, daß er im See drinn liegt«, sagen die Buben und gehen an den See.

Aber sie finden ihn nit, so lang sie auch das Ufer absuchen.

»Man kann ihn halt nit finden«, sagen sie, wie sie wieder heimkommen sind.

»Alsdann, so suchts ihr morgen wieder.«

»Gut, dann suchen wir ihn morgen wieder.«

Nein, sie finden ihn wieder nit.

»Es hilft nix, Mutter, und jetz werden wir halt den Großvatern nimmer finden.«

»Aber wann ich euch einen schönen schweinernen Braten brat und es kriegt ein jeder zwei Maß Bier, wann ihr den Großvatern findts?«

»Dann müssen wir ihn schon finden, Mutter.«

Gut. Sie suchen wieder. Diesmal aber nehmen sie ein Schiff und fahren umeinand. Auch an die Würm hin.

»Du, da liegt er schon, der Großvater!« schreit der Girgl.

»Er wird's nit sein«, sagt der Josef, »er hat ja ein blaues Halstuch gehabt.«

»Das wird's schon weggeschwemmt haben, das Wasser. Jetz müssen wir ihn heraufziehen, dann sieht man schon sein Gesicht.«

Sie ziehen ihn herauf. Richtig, der Großvater.

»Die Aal!« brüllt der Girgl.

Aber da sausen sie schon davon. Ein ganzer Haufen Aal ist dagewesen.

»Wann man sie gefangt hätt! Jetz hätt man sie haufenweis fangen können. Die zahlen so gut sie in der Stadt.«

Der Josef jammert: »Die kommen nit wieder. Die sind nur da, wann sie was zu fressen finden.«

»Und wann wir den Großvatern heraustun, dann kommen sie nit mehr.«

»Aber wann wir ihn nit heraustun?«

»Ja, wann wir ihn nit heraustun?«

»Tot ist er eh schon.«

»Freilich ist er tot, der Großvater.«

Da haben sie ihn wieder hineintun müssen. Es ist schon wahr; recht viel Aal haben sie seit der Zeit herausgefangen.

Die Leut in der Stadt zahlen sie gut, die Aal.

TRUMPF UND TRUMPF NACH

Den Bruder Kapuziner hat der Regen erwischt, so daß er sich hat in die Einöd flüchten müssen zum Lüftenmartl.

»Die Nacht kommt und da wirst mich halt wohl herbergen müssen!« hat der Kapuziner zu der Bäurin gesagt.

»Mein Gott, ja, dann werd ich Dich wohl beherbergen müssen. Legst Dich halt ins Heu.«

»Und ins Heu – das bin ich halt gar nicht gewohnt. Weißt, da dersticht's einen so in der Haut. Das kann ich nit vertragen.«

»Ja«, sagt der Lüftenmartl, »aber wir haben halt nur ein gotziges Bett, die Bäurin und ich. Da wirst halt keinen Platz mehr haben.«

»Wann ich mich aber in die Mitten leg?«

»Wannst Dich aber in die Mitten legst – ja, alsdann, so legst Dich halt in die Mitten.«

Vor dem Einschlafn hat's die Bäurin ein bissel gequält in den Därmen. Das ist aber wieder vergangen; und das hat man schon gehört, wie das Quälen vergangen ist.

»Trumpf!« hat die Bäurin gesagt wie im Traum. Wie einer, der tarockt und auf den Tisch hinhaut.

»Trumpf nach!« hat der Bauer geschrieen und hat noch stärker auf den Tisch hingehaut. War aber kein Tisch nit da; aber gehört hat man's schon. Freilich.

Da ist dem Kapuziner himmelangst geworden.

»In der Mitt schindt man nit!« hat er gejammert.

Und hat's ganze Leilach voll gemacht, der Kapuziner.

FISCHEN

Der Pettstätter Simmerl kann sich das Fischen gar nicht gut abgewöhnen. Er glaubt's auch nicht, daß die Fischwasser alle andern Leuten gehören, er glaubt's halt nicht.

Zweimal haben sie ihn schon eingesperrt von wegen der Fischerei; aber er ist doch wieder auf die Angerwaid gangen, wo die Gießen durchfließt und wo sie die größten und schwersten Forellen hat.

Aber ehbevor er auf die Angerwaid gangen ist, hat er sich einen Häring gekauft, um ein Zehnerl, und den hat er an die Angel hingehängt und in den Bach gelassen.

Aha, da kommt er schon wieder, der Flurwachter. »Kreuzdividomine, und warum tust schon wieder fischen, Simmerl? Da werd ich Dich halt wieder aufschreiben müssen und der Schandari wird zu Deiner kommen und Dich einspinnen!«

»Aber ich tu halt nit fischen!« sagt der Simmerl.

»Und wannst meinst, ich bin dumm und kenn das nit, daß Du eine Angelruten hast, dann muß ich Dir schon sagen, daß ich nit so dumm bin!«

Da hat ihm der Simmerl den Häring gezeigt und hat gesagt: »Ich kann ihn halt nit vertragen, den gesalzenen Fisch und ich muß ihn immer wassern lassen.«

Dem Flurwächter hat's das Maul gewässert, als er den Häring gesehen hat. Die ißt er halt soviel gern, die Häring. »Und ich kann's aber nit glauben«, hat er dann diplomatisch gesagt: »daß du einen leibhaftigen Haring an der Angel hast, das kann ich halt nit glauben.«

»Dann wirst ihn halt verkosten müssen!« hat der Simmerl gemeint und hat mit den Augen geblinzelt, der Spitzbub.

Zweimal hat er sich das nit sagen lassen, der Flurwachter. Und schau: er hätt den ganzen Häring zusammengegessen, wann der Simmerl nicht so wüst geschrien hätt. Aber um einen halbeten war's schon geschehen.

Und dann ist der Flurwachter wieder gangen. Und der Simmerl hat weitergewassert, mit seinem halbeten Häring. Hie und da hat er schon nach dem Flurwachter geblinzelt, und der Flurwachter hat auch immer ein bissel umgeschaut, so in verdächtiger Weis.

Richtig, da kehrt er gar wieder um! »Der traut mir halt schon gar nimmer«, hat sich der Simmerl denkt. »Und es ist halt nix mehr mit dem Fischen, wenn sie so bös hinterdrein sind!«

»Du, Simmerl«, hat der Flurwachter wieder angefangen, »ich kann Dir halt doch nit gut trauen. Hast ihn doch noch immer dran, Deinen Haring?«

»So mußt ihn halt noch einmal anschauen«, hat der Simmerl beleidigt gesagt. Und hat seine Schnur wieder eingezogen.

Der Flurwachter hat den halbeten Fisch noch einmal ganz genau angesehen und hat dann gemeint: »Und man kennt sie doch erst am Geschmack, die Haring. Mußt schon verlauben, wann ich ihn amtlich versuchen tu!«

So hat er die zweite Hälft von dem Fischlein auch noch gefressen, der Flurwachter. Nur den Kopf hat er dran gelassen am Angelhaken. Und dann ist er wieder zufrieden gewesen und hat kehrt gemacht. Und über die Achsel zurück hat er gelacht:

»Jah und den darfst Du schon wassern, Deinen Haring. Indem daß ich jetzt die amtliche Überzeugung hab.«

»Wo gehst denn hin?« hat der Simmerl blöd nachgeschrieen und hat seine Angelschnur wieder eingelassen.

»Meinst nit, daß ich meinen Haring wassern gehn muß? Aber nit in der Gießen und nit im Weiher, sondern aber beim Obern Wirt! Du dummer Pettstätter Simmerl, Du ganz dummer!«

Aber schau: wie's gegen Abend gangen ist, da hat sich der Häringsleib für den Flurwachter in einen zwiefachen Rausch und der Häringskopf für den Simmerl in fünf Forellen verwandelt.

War eine jede mehr als pfündig und ich hab auch mitgegessen.

LUGENSCHIPPEL

Der Langhauser hat sich ein Pfund Käs gekauft beim Barthlkramer in Unterstimm. Einen Backsteinerkäs, der wo den gewissen Geruch hat. Den mag die Langhauserin arg gern und einen Scherzen schwarzes Brot dazu: da kann sie pfundweis essen, ohne daß sie die Freud daran verliert.

Aber der Langhauser hat sich in Unterstimm auch einen Bani gekauft, ein Roßgeselchtes. Das ist gut gesalzen und macht einen höllischen Durst. Sonst hätt er die siebzehn Halbe nicht gesoffen im Grünen Baum.

Und weil er die siebzehn Halbe gesoffen hat und beim Bruckenwirt noch die zwei Stehmaß mit dem Kletzen Simmerl, darum ist er ein bissel torkelig worden, der Langhauser.

Und hat seinen Käs verloren auf der Straßen, die von Unterstimm nach Petershausen führt.

Aber der Eidaxen Wastl und der Goaßpeterl sind auf derselbigen Straßen gegangen.

Schreit der Eidaxen Wastl: »Da find ich was. Da liegt was auf der Straßen und ist einpapierlt.«

»Ist schon wahr«, sagt der Goaßpeterl und hebt das Einpapierlte auf; »schau«, meint er, wie er's auspackt, »ist sauber ein Backsteiner Käs!«

»Gib ihn her!« brummt der Eidaxen Wastl, »den eß ich gern, den Backsteiner.«

»Wirst ihn aber nit essen; den hab halt ich gefunden.«

»Aber ich hab ihn halt zuerst gesehen!«

»Aber ich hab ihn halt vom Boden aufgeklaubt. Er wird mir schon schmecken, der Käs.«

»Und er wird Dir aber nit schmecken!« schreit der Eidaxen Wastl und fangt zum Raufen an.

Ist einer so stark wie der ander; der Wastl wie der Peterl. Drum hören sie auf, wie sie müd sind.

Und dann meinen sie: man könnt die Sach ja auch im Frieden austragen?

Beispielsweis – ja was beispielsweis?

Wann sie alle zwei recht schnell laufen würden und der wo zuerst in Petershausen wär – wann der den Käs bekäm?

»Nein«, sagt der Wastl, »das mag ich nit.« Er hat's nicht mit dem Schnellaufen. Wie sie ihm einmal nachgelaufen sind von der Pechler Nanndl ihrem Kammerfenster weg, da hat ihn einer um den andern eingeholt. Und hat ihn ein jeder verdroschen.

Wann der den Käs bekäm, der am nächsten hinraten kann, wie viel Stein der Steinhaufen da hat?

»Nein«, sagt der Peterl, »das mag ich nit.« Er hat's nit mit dem Zählen, und wann der Wastl die Stein nachzählt, wird er ihn arg bemogeln.

»Lügen wann man tät!«

»Lügen?«

»Ja, der wo die allergrößer Lug rausbringt, daß ihn der dann essen darf, den Käs!«

»Oder wollen wir ihn nit besser teilen, ein jeder die Hälft?«

»Nein«, sagt der Peterl; denn lügen, das kann er schon und den Backsteiner ißt er für sein Leben gern – »da wollen wir schon lieber lügen!«

Und da fangen sie schon an mit der Lügerei.

Ganz faustdick Verlogenes und Verstunkenes sagen sie einander.

Und so erpicht sind sie auf das Schwindeln, daß sie alles um sich her vergessen haben. Wie der alte Schmied von der Länd vorbeigangen ist und recht laut gelacht hat, haben sie ihn nicht gesehen und nicht gehört.

Wie die Schneiderzenz ein Kreuz geschlagen hat und gesagt hat: »Gelobt sei Jesus Christus und alle guten Geister loben Gott den Herrn, aber die zwei mußt in die allertiefst Höll stecken, Du lieber Himmelvater, Du lieber« – – das haben sie auch nicht gesehen und gehört.

Dann ist aber der Herr Pfarrer gekommen und hat die Arm gespreizt und ganz bös geschrieen: »Itzt hörts Ihr aber auf, Ihr zwei Lugenschippel! Ist's nit eine Sünd und eine Schand, wann zwei junge Leut so lügen? Ich hab mein Lebtag noch nit gelogen!«

Da hat der Goaßpeterl gesagt: »Wastl, gib ihm alsdann den Käs!«

Der Nachtwachter und der Wilderer

Wie sie damals gewildert haben in Benediktbeuern, das ging übers Bohnenlied. Die haben gar niemand mehr gefürchtet, keinen Förster und keinen Gendarmen und haben gesagt: die sollen des Nachts hübsch daheim bleiben und sich nicht sehn lassen, dann bekommen sie keinen Katarrh und kein Leibgrimmen.

Auch kein Kopfweh, von Büchsenschäften herstammend, und kein Seitenstechen, wann die Kugel auf einer Seite hineinschlief und auf der andern Seite heraus.

So war's einmal in Benediktbeuern der Brauch.

Dann ist's noch schlimmer geworden und es hat geheißen: auch der Nachtwachter soll nicht zu viel spazieren gehn in der Nacht. Leicht kann er sich da den Buckel erkälten in der Nacht.

Aber das Bezirksamt sagte: der Nachtwachter muß spazieren gehen in der Nacht.

Und er mußte. Ein jedes Haus mußte sich zur Nachtwache verpflichten, für den Dienst im Turnus.

So wurde eines Tages auch der Pfleiderer Wiggl Nachtwachter und empfand viel Angst in bezug auf das Erkälten in der Nacht. Er vermummte sich sehr, damit er von den Wilderern nicht zu unterscheiden war, die des Nachts auszogen, völlig unkenntlich gemacht.

Und doch geriet er in große Gefahr, welche ein Mann war, mit einem weiten Mantel, den Kragen hinaufgeschlagen und etwas in der Hand, was ein Stock sein konnte, vielleicht aber eine Büchse, sogar ganz gewiß eine Büchse.

Sehr zitterte er, der Nachtwachter.

Aber der sollte das nicht merken, der andere.

Also rief ihm der Nachtwachter sehr laut zu:

»Du, ih fercht mih fei net!«

»Ih aa net!« sagte der Fremde.

»Ih bi fei der Nachtwachter . . .« stotterte der Pfleiderer Wiggl und näßte die Hose. »Ih fercht mih fei ganz gwiß net!«

»Da Nachtwachter bist? Na machst, daßt hoamkimmst!« – Und der Nachtwachter ging heim.

WARUM DER TONI DEN HERRN LEHRER
NIT GRÜSST

Wie er nach Mittmaning gekommen ist, der neue Herr Kaplan, da hat er's gleich gesehen, daß die Buben so wild aufwachsen. Die schreien recht und tun wüst und die Leut auf der Straßen, die grüßen sie nit.

Aber das hat das ihnen der Herr Kaplan dann schon ordentlich beigebracht, das Grüßen. Und ist auch immer hinterher hinter den Buben, daß sie sich vor der Strafung fürchten und fein sittsam bleiben.

Aber schau: da sieht er einmal den Bachzuberer Toni am Zaun stehen und den Hut nicht um ein Stückel rücken, wie der Herr Lehrer vorbeigeht.

Ist gut, daß es der Herr Lehrer nicht gesehen hat. Der spöttelt gern und sagt: immer hab ich auf den Herrn Kaplan gewartet, daß meine Buben erzogen werden.

Eine Watschen wird er halt kriegen müssen, der kleine Bachzuberer Toni.

Aber schau: da zieht er ja den Hut, der Bub.

Sagt der Kaplan: »Warum ziehst itzt den Hut, wo der Herr Lehrer schon vorbeigangen ist?«

»Weil unser Stier beim Fenster herausschaut, grüß ich«, sagt der Toni.

Hat schon eine Watschen gekriegt, der Bub. Heult auch schon wegen der Watschen.

Aber der Herr Kaplan hört nicht auf das Heulen. »Lausbub, und warum hast den Stier grüßt?«

»Weil unsere Küh die Kalbl von ihm kriegen, hab ich grüßt. Weil wir immer Geld kriegen für die Kalbl!«

Hat schon eine zweite Watschen, der Bub.

»Und warum hast den Herrn Lehrer nit grüßt?«

»Weil meine Schwester ein Kind von ihm kriegt hat, hab ich nit grüßt. Und weil wir für das Kind kein Geld nit kriegen!«

Alle guten Ding sind drei. Aber nach der dritten Watschen ist der Toni davongelaufen.

Die harmlose Geschichte
vom Petzgauer Manndl

Darum, weil er so ein zusammengeschrumpftes altes Bäuerlein ist, darum heißt man ihn das Petzgauer Manndl.

Das Petzgauer Manndl haust mit seinem alten Weiblein in kreuzgemütlicher Eintracht zusammen, schier an die fünfzig Jahr. Er hat sie nie hintergangen und sie ist immer brav zu ihm gestanden.

Aber einmal ist eine schwere Sünd über die Leber des Petzgauer Manndl gekrochen. Sie ist schier nit zu verzeihen.

Damals hat er ein Kalbl verkauft an den Mohrenköpflwirt.

»Aber die Leber mußt Dir halt ausnehmen!« sagte die Petzgauerin. »Ich mag sie so viel gern essen, die Leber von einem Kalbl.«

»Alsdann nehm ich mir die Leber aus«, sagte das Petzgauer Manndl, trieb das Kalb zum Mohrenköpflwirt und sagte es von wegen der Leber.

»Wird eh gleich gestochen das Kalbl«, sagte der Mohrenköpfl-wirt. »Sitz Dich in die Stuben und trink ein Maßl, dann kannst die Leber haben.«

Aber das Petzgauer Manndl hat vier Maßl lang warten müssen, bis die Leber kommen ist.

»Da ist Deine Kalblleber«, sagte der Mohrenköpflwirt. »Die wird Dir aber wohl schmecken, die Leber!«

»Ach jeh, und jetzt habt Ihr die Leber gleich angericht in der Soß! Und ich hätt sie der Bäu'rin mitbringen müssen.«

»Wird Dir justament nit schaden.«

»Sell wohl.«

Nein, schaden tut's ihm wirklich nichts – das merkt er schon beim ersten Bröckel. Ah, und die Soß ist gut! Aber sündhaft ist's schon, der Bäu'rin das wegzuessen.

Aber weil er noch ein Maßl Bier hinter der Kalblleber drein-schickt, der Petzgauer, drum merkt er nicht mehr so viel von der Sündhaftigkeit. Schau, der Mohrenköpflwirt schenkt schon wieder ein.

Ganz torklig kommt das Petzgauer Manndl heim.

»Tust die Straßen abmessen?« fragt die Petzgauerin, wie sie ihn von einer Straßenseite zur andern kreuzen sieht.

»Nein, die Straßen tu ich nit abmessen«, sagt der Petzgauer jämmerlich.

»Am End hast die Leber von dem Kalbl verloren!« fällt's der Petzgauerin angstvoll ein.

»Die kann ich nit gut verloren haben!«

»Alsdann so gib sie her, die Leber!«

»Ach jeh! Weible, Weible – und die Leber kann ich Dir nit geben –«

»Alsdann hast Du die Leber vergessen, Du rauschiger Mann, Du mit Deinem Biersaufen!«

»Nein, Weible«, sagt der Petzgauer verlogenerweis, »die hab ich nit vergessen. Das ist so eine Geschichte mit der Leber. Die muß ich Dir verzählen, die Geschicht. Alsdann da hat der Mohrenköpflwirt unser Kalbl gestochen – nit wahr?«

»Wird wohl wahr sein müssen«, bejaht die Petzgauerin.

»Alsdann, und er will die Leber herausschneiden für Dich, nit wahr?«

»Freilich, die Leber.«

»Alsdann, und da sucht er und sucht und sagt zu mir – – weißt Du, was er zu mir gsagt hat, Weible?«

»Ich kann's wohl nit derraten.«

»Nein, das kannst nit, Weible. Petzgauer Manndl, hat der Mohrenköpflwirt gsagt, das Kalbl hat keine Leber nit!«

»Unser Kalbl hat keine Leber nit?« fragt die Petzgauerin.

»Nein, unser Kalbl hat keine Leber nit!« würgt der Petzgauer heraus und wär schier erstickt an der Lug.

Die Petzgauerin schaut sinnierig drein. »Gell, gell,« sagt sie dann, »hab mir's schon einmal denkt, daß das Kalbl nit ganz gesund ist . . . Freilich, wanns keine Leber nit hat!«

»Ja, ja, Weible!«

So ein Lump, wie das Petzgauer Manndl ist! Aber gestern hat er die Lug gebeichtet beim Hochwürdigen Herrn in Heggenpuch.

Sonst wüßt ich die Geschicht heut noch nicht.

Wie der Herr Bischof geweckt worden ist

Das ist schon recht brav von dem Herrn Bischof, daß er seine alten Freund nit vergißt. Ist so zu Ehren und Würden gekommen, aber seine alten Freund von der Studiererei her, die kennt er heut noch.

Und hie und da sucht er einen auf, so einen armen Pfarrer bei den Bauern draußen, und klopft ihm auf die Schulter und sagt: »Wie geht's Dir denn, alter Freund?«

So ist er zum Herrn Pfarrer von Pötting einmal gekommen und hat ihm auf die Schulter geklopft und gesagt: »Wie geht's Dir denn, alter Freund?«

Dem hätt's schier die Stimm verschlagen, wie er den Herrn Bischof vor sich gesehen hat.

»Der Herr Bischof! Das ist mir aber eine Ehr, daß der Herr Bischof da ist! Nein, das ist mir aber eine Ehr!«

»Warum sagst denn der Herr Bischof, und warum sagst nit du zu mir? Wo wir so alte Freund sind!«

»Gut, so sag ich du, wo wir so alte Freund sind.«

Und ist gleich in seinen Keller geschoben und hat eine gute Flasche Wein heraufgetragen.

Wie sie aber eine Zeitlang trunken haben, da ist die Nacht kommen und der Herr Bischof ist müd geworden und hat gesagt: »Jetzt mußt mich in mein Bett gehen lassen!«

»Ja«, sagt der Herr Pfarrer, »jetzt muß ich Dich in Dein Bett gehen lassen. Wann ich aber kein übriges Bett nit hab?«

»Dann wirst mir doch nit die Tür weisen wollen?«

»Das will ich aber nit. Da mußt halt mit mir schlafen, das ist eine große breite Bettstatt. Das andere Bett, das ich hab, da kannst nicht drinn schlafen, da schlaft meine Hauserin drinn, die Kathl.«

»Nein, da kann ich nicht drinn schlafen, wann Deine Hauserin drinn schlaft, die Kathl.«

Und dann gehen sie ins Bett, die Zwei, und schlafen.

Es ist so um vier Uhr rum gewesen, da hat der Sauhüter draußen auf der Straßen zum Blasen angefangen, daß die Leut ihre Säu herauslassen für die Weid.

Da ist der Pfarrer aufgewacht. Und haut dem Bischof eine auf den Hinteren – weil er auf dem Bauch geschlafen ist, der Herr Bischof – und schreit: »Kathl, steh auf und laß die Säu raus. Der Sauhüter hat blasen.«

»Gleich«, hat der Bischof gebrummt und hat weitergeschlafen.

Warum der Neuner desertiert ist

Wie der Urlaub rum war, da ist ihm das Herz schon recht schwer geworden, dem Neuner Hans. So gute Knödel kochen sie halt nicht beim Militär, wie man sie zu Tirschenreuth kocht.

Und das geselchte Fleisch im Kraut drinnen – bleib tapfer, Neuner Hans, und geh zu den Soldaten. Lass' die Knödel und das geselchte Fleisch mit Kraut in Tirschenreuth, Neuner Hans!

Und die Nanndl weint hinter ihm her, wie er zum Dorf hinaus geht.

Aber der Neuner Hans tut keinen Schnaufer und bleibt tapfer.

Der Vater hat auch was Nasses in den Augen, wie er Adjes sagt.

Aber der tapfere Neuner Hans geht weiter, zu den Soldaten auf Ingolstadt.

Und die Mutter heult, daß Gott erbarm!

Nein, der Neuner Hans bleibt tapfer und marschiert weiter.

Aber da schreit die Bleß aus dem Stall heraus: Muhu, muhhh!

Da hätt's ihm schier das Herz abgedruckt vor lauter Wehtun.

Und ist umgekehrt und daheimgeblieben, der Neuner Hans.

Der schönere Traum

Wie der Klauberer Toni geheirat hat, ist er zum Wirt gangen und hat gesagt: »Da muß ein Essen her an meiner Hochzet, daß es kein schöneres nie nit geben hat.«

»Ist gut«, hat der Wirt gesagt, »dann mach ich zuerst ein Voressen, dann Leberknödel, dann einen schweinernen Braten und dann – weißt, was ich dann noch mach?«

»Einen Zwetschgenkuchen?«

»Noch höher!«

»Ein Gselchtes gar mit Kraut?«

»Noch höher!«

»Itzt bleibt mir aber der Verstand still. Was willst dann noch machen?«

»Eine Gans!«

»Eine Gans!«

Der Klauberer ist im ganzen Dorf umeinand gerennt und hat gesagt: »Ein Essen laß ich machen an meiner Hochzet, wie es kein schöneres nie nit geben hat. Und am Schluß gibt es noch einen Gansbraten!«

»Einen Gansbraten!« haben dann die Leut gesagt, »der Klauberer kriegt einen Gansbraten!«

Der Quirinhäusler aber hat gebrummt: »Einen Gansbraten hab ich noch nie nit gegessen. So einen möcht ich schon ganz gern. Und wann ein Trumm von der ewigen Seligkeit draufgehen müßt – aber so einen Gansbraten möcht ich auch einmal essen!«

Sagt der Partenhauser: »Ich wüßt schon, wie man zu dem Gansbraten kommen tät!«

»Ja«, klagt der Quirinhäusler, »wann man halt das Geld hätt, einen zu kaufen. Oder wann man in der Verwandtschaft wär und er müßt einen zur Hochzet laden, der Klauberer Toni.«

»Und wann man nit zur Verwandtschaft gehören tät, und wann man nit das Geld hätt?«

»Alsdann wüßt ich nit, wie man zu einem Gansbraten käm!«

»So? Nit tätst es wissen? – Und wann man ihn aber stehlen tät, den Gansbraten?«

»Stehlen? Unser lieber Herrgott verzeih mir die Sünd!«

»So? Und tätst ein Trumm von der ewigen Seligkeit um einen Gansbraten geben? Weißt was: ich stehl ihn, den Gansbraten!«

Und hat ihn richtig aus der Kuchel beim Wirt gestohlen, der Partenhauser. Hat ihn heimtragen und hat zum Quirinhäusler gesagt: »Schau her, das ist er, der Gansbraten. Und wann er kalt ist, dann schmeckt er am besten. Morgen will ich ihn essen. Und heut will ich die ganze Nacht träumen von dem Gansbraten, da darfst auch mitträumen und das kostet noch kein Trumm von der ewigen Seligkeit.«

Und hat sich niedergelegt. Der Quirinhäusler nicht.

»Warum legst Dich nit nieder, Quirinhäusler?«

»Weil ich in der Angst bin um die ewig Seligkeit.«

»Dann bleib nur in der Angst. Ich schlaf und wann ich aufwach, dann freß ich die Gans.«

Wie der Partenhauser aufgewacht ist, sieht er den Quirinhäusler neben sich liegen, so brav, so geruhig und so zufrieden. Weil er halt ein so viel gutes Gewissen hat. Der hat halt die Gans nicht gestohlen. Das ärgert ihn, den Partenhauser. »Der soll auch nit so ruhig sein in seinem Gewissen. Ein Trumm muß ihm draufgehen von der ewigen Seligkeit!«

Und weckt ihn auf und sagt: »Quirinhäusler, itzt sollst die Hälft haben von der Gans, wann Du einen schönern Traum gehabt hast in der Nacht als wie ich!«

»So verzähl Deinen Traum!« sagt der Quirinhäusler.

»Ja«, lacht der Partenhauser, »ich bin in meinem Traum im Himmel gewesen die ganze Nacht. Quirinhäusler – aber da haben die Engerl gesungen! Und wie ich kommen bin, haben sie um mich herumgetanzt und eine helllichte Freud gehabt. Ja, weilst nur grad da bist, Partenhauser! Gar nix anders haben sie sonst gesagt, als wie immer: ja weilst nur grad da bist, Partenhauser! Ist das nit ein arg schöner Traum? Einen schönern wirst halt nit verzählen können, Quirinhäusler!«

Sagt der Quirinhäusler und nickt bedächtig: »Ja das weiß ich schon, daß Du im Himmel gewesen bist. Wie der Nachtwachter Elfe blasen hat, da bist zu den Engerln aufgfahren. Und wie ich die Engerl immer schreien hör: ja, weilst nur grad da bist, Partenhauser, da hab ich mir denkt, schau, der Lump ist pfeilgrad in den Himmel kommen. Mit wem sollt ich itzt die Gans verteilen? Hab ich mir denkt; der Partenhauser pfeift drauf, auf den Gansbraten, der kriegt im Himmel die Gäns dutzendweis. Hab ich recht oder hab ich nit recht?«

»Das weiß ich nit!« sagt der Partenhauser, und kriegt's mit der Angst zu tun.

»Ja, und ich hab mir denkt, wann er schon ein Engerl ist im Himmel droben, dann kann er auch für mich bitten, wann mir ein Trumm von der ewigen Seligkeit hin ist. Und hab die Gans gefressen.«

Vom Hirnpecker

Der Hirnpecker ist ein recht gefährlicher Vogel. Er ist nicht viel größer wie ein Geyer, aber er hat's auf die Leut abgesehen. Und wenn er einen Menschen wo sieht im Freien, dann saust er herab, setzt sich auf den Hut und peckt so lang auf die Stirn, bis das Gehirn herausgeht.

Das frißt er dann, das Gehirn. Und wem er das Gehirn herausgefressen hat, der muß dann sterben.

Da ist der Bären Kaspar einmal mit der roten Dirn vom Deixlheber Anderl am Himmelreichanger in der Garchinger Flur an einem Sonntag spazieren gegangen und hat nicht viel Gutes im Sinn gehabt.

Aber sie ist standhaft geblieben, die rote Dirn vom Deixlheber.

Zuerst hat er ihr einen Lebzelten versprochen, dann ein rotes Fürtuch und ein Halsgeschnür.

Sie tät sich Sünden fürchten, hat sie aber gesagt, die Rote.

Dann hat er ihr die Ehe versprochen.

Aber weil der Kaspar von seinem Vatern den Hof erben wird mit etlichen zwanzig Stück Vieh und vier Roß, drum hat sie's ihm nicht geglaubt, daß er sie heiratet.

Da hat ihn der gache Zorn gepackt, den Kasper. »Itzt mußt justament die meinige sein!« hat er geschrien und wie ein Wilder angepackt.

Ah, der kennt die rote Deixlheber Dirn schlecht. Die hebt einen Sack Traid, den allerschwersten, auf den Wagen. Nein, da hilft ihm das Wildsein nix.

Ausgelacht, ja, ausgelacht hat sie ihn. Aber wie er dann so blaß geworden ist, da hat er ihr leid getan und sie hat gemeint, was nicht ist, könnt noch werden, und wann das Korn noch nicht reif ist, darf man es halt noch nicht mähen.

Da hat der Kasper auf einmal in die Höh geschaut und einen Schrei getan.

Die Rote hat verwundert auch aufgeschaut: »Was hast denn, daß Du so schreist?«

»Der Hirnpecker!« Und der Kasper schlägt seine Jacke über den Kopf.

Und die rote Dirn hat geschrieen: »Der Hirnpecker!« und hat ihre Röck über den Kopf geschlagen, daß ihr der Vogel nicht ans Leben kann.

»Ist schon da, der Hirnpecker!« hat der Kasper wieder geschrieen und die rote Dirn hat gesagt: »ja, und pecken tut er auch schon. Aber wo der hinpeckt, da wird er halt das Hirn nit finden können.«

Da hat sie schon recht gehabt, die Rote. Aber wie sie dann einmal gesagt hat, der Bub ist vom Hirnpecker und das könnt sie beschwören, da hat's ihr kein Mensch nicht geglaubt. Und der Kasper, den sie als Zeugen aufgerufen hat, der hat sich gar nimmer an die Geschicht erinnern können.

Um ein halbes Pfündel

So wie der König Ludwig vom Schloß in Berg hat er ausgschaut, der Impen Ferdl. Der Bart genau so und die Haarfrisur auch und recht groß ist er gewesen und stark.

Die Stadtleut haben's ihm einmal gesagt: akkurat wie der König tät er aussehen, akkurat wie der König.

»Aber am schönen Gewand wird's halt fehlen«, sagt der Ferdl bedächtig. »So ein schönes Gewand müßt man halt auch haben!«

Gut, der Schneider von der Göckelau meint: er könnt schon auch ein herrliches Gewand machen. Oder glaubt der Impen Ferdl, wann man nur der Schneider von der Göckelau ist, so kann man gar nix?

Nein, das glaubt der Impen Ferdl nicht. Also macht ihm der

Schneider ein schönes schwarzes Gewand; »weißt Ferdl, ein viel schöners hat der Herr König auch nit. Aber vielleicht hält sein Stoff nit so lang her wie der meine; und wann Deine Buben einmal in die Jahr kommen, dann ist es noch wie neu, das Gewand, und sie können's auf die Feiertäg tragen.«

Die Stadtleut sagen, wie sie den Ferdl im neuen Gewand sehen: »Jetzt müßt halt noch so ein Hut her, wie ihn der König hat. Da mußt auf München fahren zum Zehme.«

Gut, der Impen Ferdl fahrt auf München und kauft sich so einen Hut, wie ihn der König hat. Mit einer recht breiten Krampen, die hinaufgebogen ist.

Sagen die Stadtleut, wie sie den Ferdl im schwarzen Gewand und mit dem schönen neuen Hut sehen: »Jetzt müßt halt auch noch das Gewicht stimmen. Wie schwer bist denn, Impen Ferdl?«

Gut, der Ferdl geht zum Bruckenmetzger und stellt sich auf die Kalblwag. »Zweihundertundneun hast«, sagt der Bruckenmetzger.

»Zweihundertundneun hab ich«, sagt der Ferdl zu den Stadtleuten.

»Zweihundertundneun? Aber der König hat zweihundertundsiebzehn!«

Gut, der Ferdl fangt eine Mast an. Lauter Schmalznudel und Knödel und am Mittwoch ein Gselchtes und am Sonntag einen Nierenbraten. Ah, da kann er schon einen Haufen davon essen, von den guten Sachen.

Wie er zum drittenmal zum Bruckenmetzger kommt auf die Kalblwag, da hat er zweihundertundsechzehnundeinhalb.

Zum viertenmal: zweihundertundsechzehnundeinhalb.

Zum fünftenmal: zweihundertundsechzehnundeinhalb!

Der Ferdl sagt zu den Stadtleuten: »Ich werd's halt nit auf zweihundertundsiebzehn bringen können!«

Die Stadtleut meinen: »Das ist aber notwendig, wenn man so ausschaut wie der König!«

Der Ferdl: »Und ich werd's aber nit kriegen können, das halbe Pfündl!«

»Nein, das wirst Du nit kriegen können!«

»Warum aber nit?«

»Weil's im Hirn fehlt, das halbe Pfündl.«

Da hat der Ferdl seinen schönen Hut wieder in den Kasten gelegt. Und das schwarze Gewand hat er auch nicht mehr angezogen.

Aber zum Bruckenmetzger ist er schon noch gekommen auf die Kalblwag.

Sind aber immer nur zweihundertundsechzehnundeinhalb Pfund.

DIE NOTBEICHT

Der Tierarzt flucht immer, wann er in den Haggensteiner Hof gerufen wird. Der Herr Pfarrer schon auch ein bissel, wann da hinten jemand krank ist und verlangt nach seiner. Denn man muß seine geschlagenen fünf Stunden gehen über die Breitsamter Alm und an der Bitschenleiten vorbei und dann ins Pfadwangtal, bis man endlich den Haggensteiner Hof findet.

»Zieht sich ein bissl in die Läng, der Weg da herauf bis zu uns!« sagt dann der Haggensteiner zum Tierarzt. Und den Herrn Pfarrer tröstet er: »Unser Herr Jesus hat auch einen recht schweren Bergweg gehen müssen, nit wahr, Hochwürden?«

Der Herr Pfarrer kann nit nein sagen, wann ihn der Haggensteiner so fragt. Aber das hat er ihm geschworen, dem Haggensteiner: Wann's einmal bei dem ans Sterben geht, dem will er sie noch ein bissel heiß machen, die Höll.

Aber der Haggensteiner denkt gar nit ans Sterben. Eher seine Bäurin. Schau, die wird eines abends totkrank, daß man's gar nit hätt vorhersagen können, und legt sich hin und sagt: »Bauer, jetzt wird wohl 's letzte Stünderl für mich geschlagen haben!«

»Meinst?« sagt der Haggensteiner. »Willst einen letzten Willen aufsetzen lassen?«

»Nein, und das will ich nit. Das Sach hinterlaß ich halt Dir, wo wir keine Kinder nit haben.«

»Hab mir schon auch denkt, Du wirst das Sach mir hinterlassen.«

»Aber ein letztesmal beichten möcht ich halt noch!« jammert die Haggensteinerin. Man merkt's an der Stimme, daß sie schon schwach wird.

»Alsdann, so muß der Herr Pfarrer geholt werden«, meint der Haggensteiner.

»Ja«, sagt die kranke Bäurin, »aber ich werd ihn halt nit mehr derwarten können. Der Knecht braucht vier Stund hinein und der Herr Pfarrer braucht fünf heraus. Tut neun Stunden. Das werd ich halt nit mehr derwarten können.«

»Wann Dir schon so wüscht ist und Du meinst, es geht schon an die letzten Züg, dann muß ich Dir halt die Notbeicht abnehmen.«

»Wann ich schon eine Notbeicht haben mag, aber dann mag ich sie nit bei Dir haben. Nein, das mag ich nit!«

»Dann wär der Knecht da, aber das mag ich nit, daß Du dem Knecht beichst, das mag ich nit. Und der Dienstbub ist erst fünfzehn, vor so einem darfst Du auch nit beichten. Mußt halt so sterben, ohne die Notbeicht. Machst halt die doppelt Reu und Leid und ich bet eine Litanei dazu. Was willst für eine Litanei, daß ich beten soll?«

»Ich will keine Litanei nit, ich will eine Beicht, die will ich.«

Der Haggensteiner setzt sich an's Bett schier so wie er weiß, daß der Herr Pfarrer im Beichtstuhl sitzt.

»Jetzt kannst mir alsdann beichten.«

»Dir nit!« jammert die Bäurin.

»Alsdann nit!« sagt der Bauer und steht wieder auf.

Käsweis wird sie da, die Bäurin. So wird man, wenn man an die Höll denken muß.

»Haggensteiner«, sagt sie ganz matt, »alsdann beicht ich bei Dir. Aber so wie Du dasitzen tust, so sitzt der Herr Pfarrer nit im Beichtstuhl. Da muß ein Gattern sein zwischen dem Herrn Pfarrer und dem, das wo beichten tut.«

»Alsdann nehm ich den Hennengattern«, sagt der Haggensteiner und nimmt den Gattern vom Hennensteig. Und setzt sich wieder nieder und hört die Bäurin beichten, während er durch die Lücken des Gatters auf ihr Gesicht blinzelt.

»Darfst aber mich nit anschaun«, sagt die Haggensteinerin, »der Herr Pfarrer hat auch blos das Ohr am Gattern.«

»Alsdann schau ich Dich nit mehr an.« Und sie beichten wieder.

Ja ja, wohl hat er dran denkt, früher schon einmal, daß sie auch ein Luderweibsbild ist, die Haggensteinerin. Schau, da hat sie's richtig mit dem Knecht gehabt!

Schier will er aufspringen bei ihrem Bekenntnis. Nein, aufspringen, das tut er nicht – erst muß er sie absolvieren, daß ihre
Seel keinen Schaden nimmt in der andern Welt.

Aber dann sagt er's ihr: »Siehst, wann ich jetzt nit dagesessen
wär an Gottesstatt, dann hätt ich Dir aber den Hennengattern an
den Grind geschlagen, Du ganz Schlechte, Du!«

Und dann ist sie selig gestorben, die Haggensteinerin.

Wie die Doktorbäurin ihr Fach versteht

Da ist in Pfeffenreuth eine Bäurin, die heißt man die Doktorbäurin. Weil sie ein soviel gescheites Weib ist und den Bein-
fraß kurieren kann und die englische Krankheit und die inneren
Hämorrhoiden. Überhaupt kann sie alle Leiden kurieren, was ein
Doktor gar nie nicht kann.

Da kommen die Leut haufenweis um Hilf. Und für jeden hat sie
einen Kräutltee oder einen Trank zum Eingeben.

Brauchst nicht selber hingehen: tust einfach Deinen Urin in
eine Flaschen und laßt ihn zu der Doktorbäurin hintragen.

Die schaugt ihn nur an und weiß, wo's Dir fehlt und schickt Dir
das Medizinsach, das gesund macht.

Wie der Herr Pfarrer von Pittlingen einmal drei Täg lang hat
im Bett liegen müssen vor lauter Wehtun, hat er seiner Hauserin
auch so ein Fläschl gegeben und hat gesagt: »das tragst zur Doktorbäurin und sagst, sie soll Dir eine Medizin mitgeben.«

Gut, die Hauserin macht sich auf den Weg. Aber wie sie über
den Widdersloher Berg hinabgeht, merkt sie, daß sie naß worden
ist. Auweh, der Stopsel ist nimmer im Fläschl und das Sach ist
ausgeronnen.

So – was soll jetzt die Doktorbäurin sagen? Oder soll die Hauserin wieder die drei Stunden zurücklaufen bis Pittlingen? Und ist
nur mehr ein kleines halbes Stünderl bis Pfeffenreuth.

Nein, da lauft sie nicht mehr zurück.

Das kann man ja auffüllen, das Fläschl. Das wird die Doktorbäurin auch nicht kennen, ob das dann vom Herrn Pfarrer ist oder
von seiner Hauserin.

Hat's auch wirklich nicht gekannt, die Doktorbäurin von Pfeffenreuth.

Aber die Händ hat sie über dem Kopf zusammengeschlagen: »Ist das ein Jammer, ist das ein Jammer!«

Die Hauserin ist ganz blaß geworden. »Fehlt's ihm so weit, dem Herrn Pfarrer?«

»Da ist's ganz arg weit gefehlt. Geh nur gleich heim und hol die Hebamm. Und dem Herrn Pfarrer sagst, er is

in die Hoffnung gekommen. Und soll nur gleich recht weit fortreisen, daß sie's nit merken, die Leut!«

So dumm, wie die Hauserin vom Herrn Pfarrer ist: die hat's ganz falsch ausgerichtet und darum ist der Herr Pfarrer in Pittlingen geblieben und die Hauserin ist nach Finstermoos gereist zu ihrer Schwester.

DIE KRIEGSGEFANGENEN

Der Irxenschneider Peterl hat einmal zwei Franzosen gefangen, im Jahre anno Siebzig.

Wann er's mir nit selber erzählt hätt, dann tät ich's vielleicht gar nit glauben; denn der Peterl ist ein ganz kleiner und schwächlicher.

Aber die zwei Franzosen hat er schon gefangen. Und hat sie gar nit unfreundlich behandelt, mit Ohrfeigen nit und nit mit Kolbenstößen auf das Sitzteil.

Nein, das hat er nit getan.

Darum sind auch die zwei Franzosen gut Freund mit ihm geworden und haben gar nimmer weg wollen von ihm.

Und haben ihn nach Paris mitgenommen, so gut haben sie ihn leiden können.

Und das Gewehr und den Säbel haben sie ihm auch getragen, so gut haben sie ihn leiden mögen.

So erzählt der Peterl, wann man ihn fragt, wieso und warum er in die Kriegsgefangenschaft gekommen ist im Jahre anno Siebzig.

WALLFAHRER

Wenn die Bauernleut verheiratet sind und die neun Monat sind vergangen, aber es schreit noch niemand in der Wiegen, dann schaut Er finster drein und Sie geht ihm aus dem Weg.

Er glaubt: sie ist nit das richtige Weib. Ein richtiges Weiberleut muß in die Hoffnung kommen.

Und sie glaubt: er ist nit der richtige Mann. Wann er der richtige Mann wär, tät jetzt die Wiegen nit auf dem Dach stehen.

Die alten Leut im Austragstüberl aber stecken die Köpf zusammen und sagen: Wann sie keine Kinder kriegen, die Jungen, was wird dann aus Haus und Hof? Soll das schöne Sach in fremde Händ kommen? Eine Schand wär das und ein Spott.

Die Hannibas', die hört den Kummer der alten Leut mit an und weiß, daß wieder ein Moment gegeben ist, da wo man ihre guten Ratschläg braucht.

»Hat sie auch immer ihr Fleisch gegessen am Samstag zum Abend?« fragt sie.

»Freilich hat sie immer am Samstag ihr Fleisch gegessen!« sagen die alten Leut.

»Und hat er seine Maß Bier am Samstag getrunken, der Bauer? Die Abendmaß mein ich.«

»Freilich. Freilich. Die hat er immer getrunken, die Abendmaß. Zwei auch und in der letzten Zeit ihrer drei.«

»Und haben auch nicht viel Streit gehabt in der Kammer? So daß er mit dem Buckel gegen sie gelegen ist?«

»Auch nit. Gewiß nit!«

»Alsdann ist's aus anderer Schuld.«

»Du lieber Herrgott – aus anderer Schuld soll's sein?«

»Freilich. Leicht ist's eine Himmelsstraf?«

»Du lieber Herrgott!«

»Ja, das kann leicht eine Himmelsstraf sein. Aber man kann sie schon abwenden, die Himmelsstraf«, sagt die Hannibas'.

»Aber wie und auf welche Weis'?«

»Wallfahrten muß man da, wallfahrten.«

»Leicht weißt auch, wohin, Hannibas'?«

»Zum heiligen Sankt Joseph in der Grünau müssen sie, die zwei Leut. Er zu Ostern, sie zu Pfingsten!«

»Gut, dann müssen wir's ihnen sagen.«

Die Alten sagen's den Jungen. Und zu Ostern geht der junge Bauer zum heiligen Sankt Joseph in der Grünau.

Ach, da ist er arg verdrossen zurückgekommen. Ganz wie ein armseliger Sünder.

»Wird schon geholfen haben, Dein Beten!« sagt die Bäuerin zum linden Zuspruch.

»Wird aber Dir nit helfen, Weib. Brauchst auch nit hinwallfahrten zu Pfingsten. Und der Wirt bei der Kapellen hat mir's anvertraut, daß 's nit mehr ist wie früher: er ist ihm davongelaufen, derselbige Hausknecht.«

KIRSCHENZEIT

Der kleine Schorschl kommt zum Vatern und sagt: »Du Vater, den Kirschkern da, den mußt mir aufbeißen. Und das möcht ich essen, was drinnen ist.«

Gut, der Vater beißt ihn auf, den Kern, und der Schorschl ißt das, was drinnen ist.

Ah, das ist fein gut. Das mag er gern essen. Gleich kommt er wieder zum Vatern: »Vater, beiß mir den auch auf, Du hast die guten Zähn.«

Freilich beißt ihn der Vater auf. Aber dann geht er in seinen Stall, daß er seine Ruh hat vor dem Buben.

Lauft ihm der Bub in den Stall nach: »Vater, noch einen Kirschkern mußt mir aufbeißen!«

»So«, sagt der Vater und beißt den Kern auf, »so, und itzt will ich eine Ruh haben mit die Kirschkern!«

Der Schorschl brummt: »Itzt willst Deine Ruh haben und da liegen noch so viel Kirschkern hinter dem Stadel?«

Hinter dem Stadel, da wo die Knecht hingehen in der Kirschenzeit.

DIE HEILIGSPRECHUNG

Wie er schon an die dreißig Jahr in Ödgereuth gewesen ist, der Herr Pfarrer, da haben die Bauernleut gesagt: »Er wird heiliger mit jedem Tag, unser Herr Pfarrer.«

In den Wirtshäusern haben sie davon gesprochen und in der Nachbarschaft ist's beredet worden, daß er einen gar so heiligmäßigen Lebenswandel führt, der Herr Pfarrer von Ödgereuth.

Da sind die Leut geschlagene fünf Stund weit gegangen an den Feiertagen, um den heiligen Mann in Ödgereuth zu sehen. Hätten ihn auch gern auf der Kanzel gehört, aber er hat halt nicht mehr predigen können, weil er gar so alt war und weil er keine Zähn nicht mehr gehabt hat. Und das hätt er auch nicht mehr machen können, eine geschlagene halbe Stund auf der Kanzel stehen und reden.

Macht aber nichts, die Leut sind so auch gekommen. Und wann die von Pfeffenhausen, Gütersloh und Ambach, die von Irschendorf, Feldamwand und Inzersbruck, die von Steinebach, Olching und Heggersberg, von Dachelfing, Partachen und Widdershofen in aller Früh fort sind an den Feiertagen, dann hat's ein jeder gewußt, wohin: die gehen zu dem Heiligen von Ödgereuth.

Aber einmal, da hat beim Großen Wirt in Ödgereuth ein Irschendorfer gesagt zu den Ödgereuthern: »Heilig ist er aber noch nit gesprochen, euer Herr!«

»Nein«, haben die Ödgereuther bekümmert gesagt, »heilig ist er noch nit gesprochen, unser Herr.«

Und der Große Wirt hat ein recht langes Gesicht dazu gemacht. Denn das hat er schon gehört, wie sich's gleich umeinander gesprochen hat bei den Auswärtigen, daß er halt doch noch nit heilig gesprochen ist, der Herr Pfarrer.

Und sauber sind am nächsten Feiertag schon ein Stücker Dutzend ausgeblieben von den Auswärtigen. »Er ist ja doch kein Heiliger nit!« haben sie gesagt.

Der Große Wirt hat anders gebrummt, wie er den Abgang gemerkt hat. Ein Stücker Dutzend gleich, das merkt man schon beim Bier und bei den Würsten.

Aber am übernächsten Feiertag sind die Auswärtigen noch weniger geworden. Die von Partachen und Heggersberg haben gleich ganz gefehlt und die Olchinger waren auch nicht viel.

Bekümmert hat da der Große Wirt zum Kirchenpfleger gesagt: »Itzt glauben sie nit mehr an unsern Herrn Pfarrer!«

Da ist der Kirchenpfleger zum Herrn Pfarrer gegangen und hat gesagt: »Du, Herr Pfarrer, itzt glauben sie nit mehr an Dich, die Leut!«

»Was sagst?« meint der Herr Pfarrer. (Er hat recht schlecht gehört, weil er so alt gewesen ist.)

»Für die Heiligkeit mußt was tun, Herr Pfarrer!« schreit der Kirchenpfleger.

»Ja, für die Heiligkeit muß man schon was tun.«

»Sollst halt zum Papst gehn, auf Rom hinter, und sollst um die Heiligkeit eingeben!«

Gut, der Herr Pfarrer geht zum Papst, auf Rom hinter, und gibt um die Heiligkeit ein.

»Nein«, sagt der Papst zu Rom, »heilig kann ich Dich nit sprechen, weil Du noch nit tot bist.«

»Aber der Kirchenpfleger hat gesagt, Du sollst mich heilig sprechen. Und einen schönen Gruß soll ich Dir auch ausrichten vom Kirchenpfleger.«

Da hat der Papst was auf ein Papier geschrieben und hat's dem Herrn Pfarrer mitgegeben für den Kirchenpfleger.

Wie der Herr Pfarrer wieder in Ödgereuth angekommen ist, hat er dem Kirchenpfleger das Papier gegeben.

»Hm«, sagt der Kirchenpfleger, »der Papst meint, wenn Du halt scheintot wärst, könnt er's schon machen. Da tät er Dich halt scheinheilig sprechen, der Papst.«

»Scheintot?« sagt der Herr Pfarrer; »ist mir auch recht.«

Und legt sich aufs Bett und macht einen Scheintoten.

Die Leut sind gekommen und haben ihn angeschaut. Und so gut hat er's gemacht, daß der Große Wirt gesagt hat: »Itzt langt's schon. Itzt steh nur wieder auf, Herr Pfarrer!«

Nein, nimmer ist er aufgestanden. Und ist wirklich tot gewesen und der Papst zu Rom hat kein Wörtlein geschrieben wegen der Heiligkeit, obwohl der Kirchenpfleger durch einen Handwerksburschen hat anfragen lassen, der auf dem Weg nach Ödgereuth gekommen ist.

Und seitdem braucht der Große Wirt nicht mehr den zehnten Teil Wurst und Bier an den Feiertagen.

Der Herr Pfarrer und sein Messner

D er Meßner hat bei seinem Herrn Pfarrer gebeichtet. Aber der alte Beichtstuhl im Kirchlein zu Pfännen hat seine Mucken: der sieht aus wie ein Käfig und in dem sitzt der Herr Pfarrer drinnen; und du kniest außen am Gitter, so daß dich alle Leut sehen, wie du von deiner Sündhaftigkeit erzählst. Mußt schon hübsch leis reden, daß die Ministranten nichts inne werden; aber wann du gar zu leis redest und denen Ministranten nicht einmal etliche leichte Sünden vergunnst, dann haben sie eine Wut auf dich und werden recht laut in ihrem Hantieren. Und dann verstehst du schier den Herrn Pfarrer nicht: hat er dich von deinen Sünden absolviert oder hat er dich nicht absolviert.

Also: an diesem Gitter ist der Meßner gekniet und hat gebeichtet. Fragt der Herr Pfarrer plötzlich: »Wer trinkt mir denn immer meinen Meßwein aus, he?«

»Ha?« sagt der Meßner verständnislos.

»Wer mir immer meinen Meßwein stiehlt, das sollst Du mir beichten!«

»Kein Wörtel könnt ich nit verstehen, hochwürdiger Herr, nit ein Sterbenswörtel. Die Ministranten machen halt wieder soviel Lärm!«

»Und ich glaub's Dir aber nit recht!« hat der Herr Pfarrer mißtrauisch gesagt.

»Wann aber der hochwürdige Herr an meiner Stell knien tät, dann möcht er halt auch kein Sterbenswörtel nit verstehen.«

»Alsdann so will ich mich da hinknien an Deine Stell und zusehen, ob Du nicht ein arger Lugenschippel bist!« hat der Pfarrer gebrummt und hat den Meßner aufstehen heißen. Aber: der Meßner ist nicht faul und geht an des Herrn Pfarrer Platz und sagt: »Kann mich alsdann der hochwürdige Herr verstehen?«

»Ich schon!« schreit der Pfarrer zornig.

»So muß ich dann den Herrn Pfarrer fragen: Wer hat sich mit dem Meßner seinem Weib so unterhalten, daß es eine scharfe Sünd ist?«

»Hast recht«, hat der Pfarrer gesagt, »kein Wörtel kann man nicht verstehen, so einen Lärm machen sie wieder, die Ministrantenbuben!«

GEWISSEN

W eil der Baron im Winter immer in der Stadt ist und sein Waldhüter nicht gern aus dem Roten Ochsen herausgeht bei der Kälten, die's draußen hat, drum stehlen die Bauern im Wald.

Die genieren sich gar nicht und fahren ruhig mit ein paar Ochsen hinaus, wenn sie einen schönen Baum brauchen.

Da hat der Pfleiderer am Freitag ein recht schönes Fuder aufgelegt gehabt und ist gemütlich aus dem Wald herausgefahren.

Kommt ihm der Herr Pfarrer in den Weg.

»Wo hast denn das schöne feichtene Holz her?«

Der Pfleiderer sagt gar nix.

»Machst Dir denn gar kein Gewissen draus?«

»Nein, Herr Pfarrer, einen Zaun werd ich halt daraus machen. Der alte taugt nix mehr«, sagt der Pfleiderer.

DIE EHBRECHERIN

D er Herr Pfarrer von Kastizzen ist schon ein recht alter Herr; aber an die Sündhaftigkeit, die es in der Welt und in Kastizzen gibt, an die hat er sich noch nicht recht gewöhnen können.

Das ist immer ein Jammern, wann er vom Beichtstuhl heimkommt zum Frühstücken.

»Hanni, schau zum Fenster hinaus«, sagt er dann zu seiner alten Hauserin, »schau hinaus, ob die Erd nit ein bissel wackelt und ob der Kirchturm noch nit eingefallen ist und die Kastizzener alle derschlagen hat.«

Und die alte Hauserin schaut hinaus und sagt: »Nein, und der Kirchturm hat sie noch nit derschlagen.«

»Und man merkt auch noch nichts, daß die Welt untergehn will, trümmerweis, und daß der Untergang justament in Kastizzen seinen Anfang nimmt?«

»Nein, und das merkt man nit, daß sie hier mit dem Untergang anfangen.«

Und der Pfarrer seufzt: »Ein bissel langmütig ist er schon, der Herrgott. Ich tät's schon anders machen, wann ich der Herrgott wär!«

Aber dann schlägt er gleich drei Kreuz über seine sündhafte Red.

Die Haferschmiedin kommt oft in den Pfarrhof, am Morgen nach der Meß. Da tratscht sie dann mit der Hauserin, bis der Herr Pfarrer zum Frühstück kommt, und freut sich, wann er ein bissel mit ihr redet. Und dann geht sie wieder heim zu ihrem Haferschmied.

Also, die Haferschmiedin ist da.

»So, Hanni«, sagt sie, »und tu nur dem Herrn Pfarrer eine gute Kaffeesuppen kochen. Die wird ihm gut tun nach dem langen Beichten heut in der Früh.«

»Ist er schon wieder Beicht gesessen, heut?«

»Freilich ist er Beicht gesessen, heut. Und was ich für ein Glück gehabt hab heut: akkurat die Erste bin ich gewesen, die er gehört hat, akkurat die Erste.«

»Das ist schon gut, wann man nicht so lang anstehn muß.«

»Ja, und wann man als die Erste drankommt, dann ist der Segen noch viel kräftiger, weißt, Hanni.«

Da kommt er heim, der Herr Pfarrer.

Ist wieder recht mißgelaunt heut, nach dem Beichten.

Gleich sieht er zum Fenster hinaus: »Der Kirchturm fallt halt nit ein, er fallt halt nit ein! Und die allererste, die heut zum Beichten kommen ist, die war schon eine Ehbrecherin.«

Und die alte Hauserin schaut hinaus: »Gott sei Dank, daß er nit einfallt. Wär mir völlig zuwider, wann er mir in den Herrn Pfarrer seine Kaffeesuppen hineinfallen tät.«

Und die Haferschmiedin ist heimgegangen zu ihrem Haferschmied.

DIE ZWÖLF BLUTEGEL DES ZINSERER LIPP

Der Zinserer Lipp hat's mit dem Kreuzweh zu tun und sagt dem Bader, daß es ein Wehdam sei schier zum Umkommen und wann er keine Salben nit hätt dafür und kein Pflaster auch nit, dann tät er ihn zeitlebens nimmer anschaun.

»Ich hab keine Salben nit für Deinen Wehdam«, sagt der Bader, »und kein Pflaster hab ich auch nit dafür. Aber Blutegel hab ich dafür, daß Dein Kreuzweh vergehn muß.«

Und er schickt dem Lipp zwölf Blutegel.

Wie er am anderen Tag zum Nachsehen kommt, da strahlt er wie ein Sieger, der Bader.

»Und Dein Wehdam«, sagt er, »der wird Dich heut wohl nimmer plagen?«

»Und wann mich auch der Wehdam im Kreuz hinten nimmer plagt, so hab ich's jetzt im Magen und im Schlund. Deine Blutegel haben mir völlig nit gut getan.«

»Möcht ich wissen, warum und wegen was?« sagt der Bader.

»Wegen was und warum?« sagt der Zinserer und spuckt zu Boden. »Wann sie auch noch so schleimig sind und glitscherig, Deine Blutegel, aber sie wollen nit rutschen.«

»Indem daß einer überhaupt nit rutscht, was ein guter Blutegel ist. Sind wohl die allerbesten Blutegel, die meinigen.« Und einen Stolz setzt er auf, der Bader.

»Nit sind sie gut, Bader, gar nit. Da hab ich die Augen zudrukken müssen und hab denken müssen: Lipp, Du frißt itzt keinen Blutegel nit, Du frißt einen Lebzelten. Sonst wären sie gar nit hinuntergerutscht, die ersten vier.«

»Und hast ihrer vier gefressen, Zinserer? Und hast sie wirklich gefressen?«

Der Bauer nickt. »Und aber die zweiten vier hat mir die Bäurin abrösten müssen im Schmalz, sonst wär's wieder nit gangen.«

»In Schmalz hast Du die vier gefressen, Lipp?«

»Ja, und die hab ich im Schmalz gefressen. Aber es wird nit die richtig Kocherei gewesen sein und nit das richtig Butterschmalz. Die dritten vier hätt ich nit mehr so mögen und nit um ein Schloß und nit um die Welt!«

»Und wie hast die dritten vier gefressen?« fragt der Bader und hebt sich am Tisch fest, daß er nit herabrutscht von der Bank. »Hast die auch noch gefressen, Lipp?«

»Rechtschaffen hab ich sie heruntergebracht, weil die Bäurin einen scharfen Essig hingeschütt hat und einen Zwiefel dazugeschnitten. Die sind gar nit so viel schlecht gewesen.«

»Und Dein Kreuzweh, das ist alsdann weg?« sagt der Bader.

»Hab schier keinen Wehdam nimmer. Aber Deine Blutegel wollen dem Magen nit völlig gut sein. Ich mein, die muß er wieder hergeben, der Magen. Meinst nit auch?«

Der Bader hebt sich wieder am Tisch fest, aber nur eine Zeit lang. Und dann geht er schnell an die Tür.

»Ich mein schon auch«, sagt er und lauft davon.

Recht hat er gehabt, der Bader.

Vom Posaunenblasen

Wie er in Miesbach gewesen ist, der Kreuzschmied, beim großen Veteranenfest, da hat's ihn auch zum Bräu hineingerissen in den Tanzsaal. Der ist so groß, daß ihrer sechzig Paar tanzen können – in Darching der Obere Wirt hat nur Platz für zehn Paar.

Tanzt hat er nit, der Kreuzschmied. Hat sich nur die Leut der Reih nach angesehn und hat sich dann zur Musik hindruckt. Er mag sie recht gern, die Musik, aber von der Näh muß er sie halt anhören, weil's ihm das Gehör verschlagen hat im Siebziger Krieg.

Und drum mag er die ganz lauten Tön am liebsten. Die von der Posaun, die tun gut! Da weiß man's gleich: ganz hin ist es noch nit, das Gehör.

Immer, wann der Posaunerer sein Messingröhrl recht weit herausschiebt, dann brummt 's aus der Blasen heraus, so tief und fuchsteufelswild, daß man es bis in den großen Zehen hinab spürt. Da schmunzelt dann der Kreuzschmied und nickt mit dem Kopf Ja und Amen.

Und denkt dabei: wenn er dasselbige Messingröhrl nur noch weiter herausschieben möcht! Dann tät sie aber einen Brummer, die Posaune, daß die Fenster zittern müßten, und daß es einem den Brasiltabak wegwehen tät, den man auf den Handrücken gebreitet hat.

Vielleicht sind die Arm zu kurz von dem mit der Posaun? Nein, die Arm sind nit zu kurz. Der könnt noch einen guten Bauernschuh weiter greifen.

Warum greift er dann nit weiter? He, der hat ja die Kraft nit derzu, der Posaunbläser. Der druckt das Röhrl ein bissel und dann treibt's ihm schon das ganze Backenzeug auf.

»Druck, druck!« schreit der Kreuzschmied.

Der Posaunbläser hat grad eine Pausen und sagt: »Ich kann nit weiter.«

Jeh, der kann nit. Der Kreuzschmied hat schier ein bissel Mitleid mit dem Burschen, dem schwachen. Ja, ist nit jeder ein Kreuzschmied, der vier Zenten auf den Buckel schmeißt und spazieren tragt. Siehst, jetzt treibt's dem Posauner schon wieder die Backen so auf.

»Druck, druck!« schreit der Kreuzschmied.

Nein, er druckt das Messingröhrl nit weiter heraus.

Aber da ist der Kreuzschmied schon da mit einem Hupfer und packt das Röhrl und reißt's ganz heraus.

Ist aber kein Brummer deswegen herausgekommen und die Fensterscheiben haben nicht gezittert.

Aber den Kreuzschmied haben sie hinausgeschmissen.

Die faulen Buben von Hauzenbach

So viel faul sind sie halt, die Buben von Hauzenbach. Die schlafen im Gehn und im Stehn auch; und beim Arbeiten schlafen sie erst recht.

Mit dem Hacker Jörgele hab ich verhandelt in der Mahdzeit, daß er mir an die sieben Tagwerk Wiesen mäht.

»Bist wohl auch so viel faul wie die andern?«

»Justament nit!«

»Justament nit? Und wirst nit gleich müd vom Mähen?«

»Ich werd niemals nit müd!«

Freilich hab ich dann den Jörgele eingestellt zum Mähen. Flink ist er aufs Feld gegangen, der Sakra, schier nicht wie ein Hauzenbacher. Schau, schau! Eine Ausnahme. Vielleicht ist er gar nicht Hauzenbacher von Geblüt?

Wird eine Stunde später gewesen sein, da bin ich aufs Feld. Mußt den Burschen doch fragen, ob er ein Hauzenbacher ist oder nicht.

Schau – da liegt er am Rain unter den Weiden und schläft.

»Jörgele! Jörgele!«

»Jiijah.«

Er hat sich langsam die Augen ausgerieben und gähnt ein bissel.

»Hast nit gesagt, du wirst niemals nit müd?«

»Ja, das hab ich wohl gesagt. Und ich werd halt auch niemals nit müd!«

»Du Höllsakra! Geschlafen hast!«

»Ja«, hat er ganz erstaunt gesagt, »und wann ich nit schlafen darf, muß ich da nit auch müd werden wie die andern!«

Und hat sich auf die andere Seite gelegt, der Tropf, der eiskalte.

DIE INVASION VON 1860

Anno 1860. Die ersten Engländer ziehen in Oberammergau ein: Backenbärte, karrierte Kleider, steife Hüte mit langen blauen Schleiern.

Die Oberammergauer verstehen kein Wort von der Sprache der Fremden. Aber die fremden Leut wollen essen und trinken – was soll man ihnen hinstellen? Recht heikel sind sie auch noch: beim Mußl-Thoma haben sie die Leberknödl nicht angerührt, beim Ammerschmid die Blut- und Leberwürst mit Kraut und beim Minniwastlbäck den Nierenbraten.

Man hat sich so seine Ansichten erzählt über die fremden Leut. Der Albrecht Hiesl hat den Kopf geschüttelt und nachdenklich gesagt: »Ja, was geit's it alles!«

Und ist heim und hat's seinem Weib erzählt, daß sie so schwer zu futtern sind, die Englischen. Schau: da kommt schon einer zur Tür herein, ein Engländer. »Drei Tag wonne!« sagt er.

»Auweh«, sagt der Hiesl, »drei Täg – –«

Am ersten Tag hat ihm die Hieslin einen Kalbskopf backen – meinst, er hätt nur ein Stückl davon gegessen?

Am zweiten Tag schöne Hasenöhrl aus dem besten roggenen Mehl und ein Kraut dazu – und nicht hat er's angerührt.

Am dritten Tag hat er das eingemachte Kalbfleisch schon in der Küch abgelehnt – aber den Hunger hat man ihm auch recht schön angesehen.

»Ja, was mag er denn?« hat die Hieslin gejammert. Da hat der Engländer die Arme auf- und abbewegt wie eine Henn, wenn sie flattert. Aber die Hieslin hat ihn nicht verstanden. Krähen hat er halt nicht können. Aber dann ist er immer in die Höh gehupft und hat wieder so geflügelt – nein, sie hat ihn wieder nicht verstanden. Ein Rindfleisch hat sie ihm gesotten . . .

Da ist er auf und davon. »Jetzt ist er ganz verruckt geworden«, hat die Hieslin gesagt.

Aber der Engländer ist umhergelaufen und hat auf die Hühner Jagd gemacht. Er hätt schon eins erwischt, aber der Hinterbäuerle hat's ihm gleich wieder genommen.

Wie er wieder heimkommt, sinkt er auf die Ofenbank und sagt Sachen, die kein Mensch verstehen kann. Aber auf einmal springt er auf und reißt ein Bild von der Wand und hält's der Hieslin hin.

Die heilige Dreifaltigkeit ist auf dem Bild. In der Mitte die Taube, und auf dieser Taube hat er seinen Zeigefinger.

»Look here, look here!« schreit er.

»Der heili Geischt«, sagt die Hieslin andächtig.

»Bratt mir heili Geischt, bratt mir heili Geischt!« jubelt der Engländer.

Der Hieslin ihr Mann hat die frevelhaften Worte auch gehört, und während die Hieslin sich bekreuzt, hat er den Kerl hinausgeschmissen.

LEGENDE

Der Herr Pfarrer und der Krautschneider und der Lüften Martl spielen ihren Tarock am Sonntag nachmittag beim Obern Wirt in Mittermanning.

Sagt der Lüften Martl: glaubt mir, Herr Hochwürden, das ist im Himmel nicht viel anderst wie in Mittermanning. Da tun sie auch einmal das Maul aufsperren zum Gähnen, im Himmel, und haben auch Zeitlang und meinen: ja, was könnt man jetzt anfangen vor lauter Langweil?

Und der heilig Sankt Paulus sagt: Allweil die Engelmannderl mit der Geigen und die Engerlweiberl mit den Gsangl – Tarocken wär auch was und Kegelscheiben wär auch was.

Der liebe Gott: mir ist's recht.

Der heilig Sankt Peter: Tarocken wär mir lieber; ich bin ein bissel müd und in der Fruh um Viere sind noch ein Dutzend arme Seelen kommen und waren lauter Weibete. Die dischkurieren halt viel.

Ja, einen Tarock, sagt der heilig Sankt Paulus.

Geht also grad ein schöner Tarock zusammen, sagt der liebe Gott.

Das erst Solo hat der liebe Gott kriegt; hat Herz geheißen und hat nur fünf Trumpf gehabt.

Der heilige Sankt Petrus spielt's gut und hat den lieben Gott trumpfarm gemacht. Hat schon die Herzaß heimstechen müssen, der liebe Gott.

Der heilig Sankt Paulus sagt: das wirst halt auch deiner Lebtag nicht gewinnen! und spielt die Schellaß aus.

Sticht der liebe Gott wieder mit der Herzaß.

Paß auf, Peterl! wischpert der heilig Sankt Paulus.

Und die zwei passen scharf auf wie die Haftelmacher.

Und wieder Schelln! schreit der heilig Sankt Peter.

Gestochen! sagt der liebe Gott und haut den Brief mit der Herzaß zusammen.

Aber da schmeißt der heilig Sankt Peter die Karten auf den Tisch und schreit: lieber Gott, wann wir tarocken, dann magst deine Wunder schon daheimlassen!

Schauts, Leutl, drum ist's im Himmel nicht anderst, wie in Mittermanning, sagt der Lüften Martl; und der Krautschneider und ich passen auf wie der Peter und der Paulus. Da mußt schon das Bemogeln sein lassen, Herr Hochwürden.

DIE BUSS

Der Klauberer und der Dichtl Sepp, die sind zwei Lumpen und zwei Streithansel und wann sie im Wirtshaus keinen derwischen können, der sich mit ihnen abgibt, daß es zum Raufen kommt, dann fallen sie sich halt selber in die Haar.

Der Herr Pfarrer hat die zwei schon einmal von der Kanzel herunter so zusammengeschimpft, daß sie in keinen alten Schlappschuh mehr hineintaugen – aber nichts hat's geholfen.

Aber in der österlichen Beicht hat er sie sich richtig vorgenommen.

»Habts halt schon wieder gerauft, ihr zwei! Ich hab's schon gehört, und jetzt gibt's für diesmal keine Absolution, bis daß nicht die Buß geschehen ist, die ich euch auferlegen muß.«

Was das für eine Buß wär? haben die beiden vorsichtig gefragt.

Keine große: nur zum Herrgöttle in der Wies wallfahrten. Das ist freilich kein weiter Weg und das wär auch völlig zu gering für ihre Verstocktheit, aber er hätt schon eine Verschärfung der Buß: »Erbsen müßt ihr in eure Stiefel tun, Erbsen!«

»Erbsen«, hat der Klauberer zum Dichtl gesagt, »das muß einem aber nicht wohl tun, wann man Erbsen in den Stiefeln hat. Ein paar Haberkörndeln spürst schon ganz arg, wann sie in den Stiefeln sind.«

»Nein, nein«, hat der Dichtl Sepp reumütig gemeint, »das müssen wir schon auf uns nehmen, wann der Herr Pfarrer so sagt, und eine Buß muß schon sein, wo wir solche Sünder sind!«

Gut, da haben sie Erbsen in ihre Stiefel getan und sind in die Wies gewandert.

Aber in Steingaden hat der Klauberer schon nimmer gehen können vor lauter Schmerzen.

»Marsch weiter!« hat der Dichtl kommandiert.

»Ich kann's halt nimmer derkraften und ich geh keinen Schritt mehr, ehbevor ich nicht die Erbsen herausgetan hab. Lieber einen Rosenkranz mehr beten und eine Kerzen opfern!« Und hat seine Stiefel heruntergetan, der Klauberer, und hat die Erbsen ausgeschüttet und ist barfuß weitergegangen.

Der Dichtl Sepp aber hat seine Stiefel an den Füßen behalten und ist ruhig weitermarschiert, ohne einen einzigen Muckserer – rein gar nix hast von ihm gehört.

Auf die Nacht haben sie in der Wies geschlafen beim Rahmbauern auf dem Heustadel. Da hat der Klauberer dem Dichtl seine wunden Füße gezeigt. »Ja, das ist eine schwere Buß mit den Erbsen«, hat er gejammert.

»Das hab ich mir gleich denkt«, hat der Dichtl gesagt, »und drum hab ich mir die Erbsen auch gleich hübsch weichkochen lassen.«

Siehst, da ist die ganze Buß umsonst: sie raufen schon wieder, der Klauberer und der Dichtl Sepp.

Wie der Grewoierer
doch in den Himmel gekommen ist

Der Grewoierer ist gestorben und hat sich aufgemacht pfeilgrad nach dem Himmel zu und hat angeklopft mit seinem Gehstecken und zum heiligen Sankt Peterl gesagt, jetzt wär er da und möcht halt hinein – ja, Schnecken!

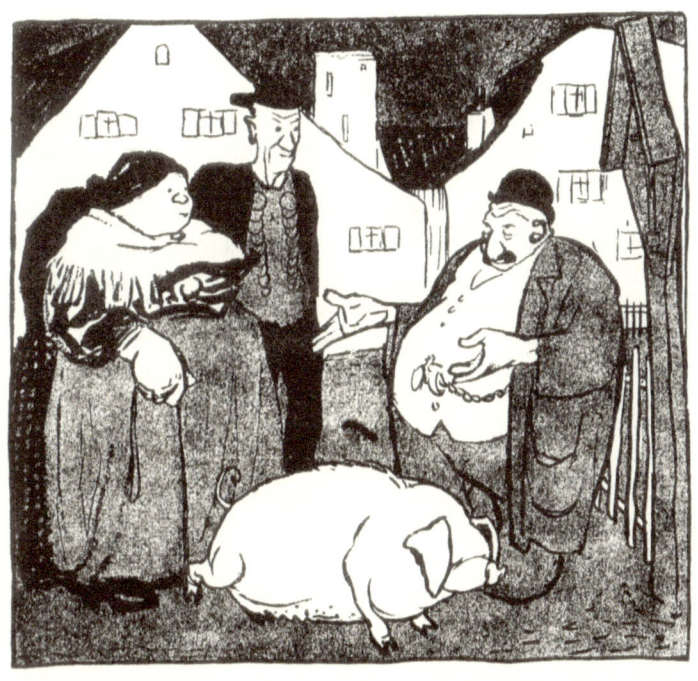

Ja, Schnecken! hat der heilige Sankt Peterl gesagt. Einen Lumpen wie den Grewoierer tät er gar niemals nicht in den Himmel lassen. Der tät sich ja gut ausnehmen unter den braven Engelein, so einer, der seiner Lebtag den Weibsbildern nachgelaufen ist und alle Nacht an ein anderes Kammerfenster geschoben ist. Da ist's halt nix mit der Heiligkeit!

Sagt der Grewoierer: daraus dürft ihm gar niemand keinen Vorwurf nicht machen, und ob vielleicht nicht andere im Himmel drin wären, die's um kein Haar anders gemacht hätten? Er tät sich schon auskennen und hätt die Legend von den Heiligen so gut im Kopf, daß ihm niemand nix weismachen könnt! Und der und der und die und die von den allerherrgottsöbersten, die hätten's da herunten auf der sündhaften Welt auch einmal soundso und soundso getrieben.

Psssst! hat der heilige Sankt Peterl gemacht und hat eine Angst gehabt, daß die im Himmel drinnen was von dem sündhaften Diskurs hören. »Nicht so laut, Gevatter!«

So, schreit der Grewoierer, ob man auch im Himmel nicht mehr die Wahrheit sagen dürft? Ist auf dieser Erden alles verstunken und verlogen gewesen, und jetzt soll's im Himmel auch nicht anderst sein. Dann täten ihm aber die Engerl leid und der heilige Sankt Peterl auch dazu. Und jetzt tät er grad mit Fleiß die Wahrheit reden und – –

Da hat ihn aber der heilige Sankt Peterl in einen Winkel gezogen und hat gesagt: »Grewoierer, sei staad, und vielleicht laß ich dich doch noch herein! Und wann du mir versprichst, daß du dich gut aufführst im Himmel, so führ ich dich einmal ein bissel umeinander und wann du mir die herausfindest, die, wo die heilige Erzmutter Eva ist, dann können wir noch ein Wörtl miteinander reden, und dann will ich sagen: Grewoierer, will ich sagen, jetzt darfst halt ein Engelein werden!«

Gut, sie gehen alle zwei durch den Himmel. An die vierzehn Täg sind sie gewandert und dem Grewoierer hat's von einem Tag auf den andern besser gefallen, und er hat die Sach immer noch ein bissel hinausgezogen, weil er sich denkt hat, in die Höll, da ist's immer noch früh genug. Und es hat ihm auch ganz gut gefallen im Himmel, die vielen Engelmusikanten und überhaupt das ewig' Leben.

Und das ist auch recht schön gewesen, daß es im Himmel kein feines Gewand gibt und kein grobes Gewand, und daß man nicht sagen kann: das sind die feinen Stadtleut und das sind die geringen Bauern. Das hat ihm schon gefallen, alle pudelnacket, wie sie geschaffen sind.

Aber die vierzehn Tag sind umgangen und der heilige Sankt Peterl hat gesagt: »Weißt, Grewoierer, jetzt muß ein End hergehen, jetzt halt es hübsch genau beieinand mit der ewigen Seligkeit. Und wannst sie heut nicht findst, die Erzmutter Eva, dann wirst halt wieder hinausgeschmissen. Ich hab jetzt keine Zeit mehr für dich, sind in den vierzehn Täg ein ganzer Schub arme Seelen kommen und wollen abgefertigt sein, da muß ich wieder vors Türl hinaus. Und wannst sie nicht findst vor dem Elfeläuten, dann weißt, wo der Bartl den Most holt!«

Da geht's aber dem Grewoierer heiß auf unterm Hut. Er schaut auf die Kirchenuhr – halb Elfe ist's schon. Jetzt heißt's aber schnell suchen unter den hunderttausend von Weibern im Himmel.

Schlagt schon dreiviertel.

»Peterl! Peterl!« schreit der Grewoierer auf einmal.

»Hast sie gefunden?«

Richtig, das ist die Erzmutter Eva.

»Du Lump«, sagte der heilige Sankt Peterl, »wie hast sie denn herausfinden können unter den hunderttausend?«

Sagt der Grewoierer: »Oh, du dummer Peterl! Siehst denn nicht, daß sie keinen Nabel nicht hat? Weißt denn nicht, daß sie aus einer Rippe gemacht ist?«

Und der Grewoierer ist im Himmel geblieben und ist ein Engelein geworden.

KROPF

Wie der Steyrer Knecht eingestanden ist beim Guglbacher in Olchstadt, haben sich die Weibsleut in die Ohren gesagt: »Der hat ja einen Mordskropf, der Steyrer Knecht!«

Und wann die Weibsleut was wissen, dann weiß's das ganze Dorf.

Wie der Steyrer am Sonntag in die Kirchen gangen ist, hat ihn alles angesehen und hat getuschelt: »Den Steyrer muß man anschauen, der hat ja einen Kropf wie ein Tauberer! Der kann sich am Sonntag das Fleisch aufheben für die ganze Wochen, in dem Kropf!«

Darnach, im Wirtshaus, sind die Burschen gegen den Steyrer mit der Sprach herausgeruckt: »Du, Steyrer, du hast ja einen Bukkel am Hals!«

Hat der Steyrer groß und klein geschaut und hat an seine Heimat gedacht und an seinen Vater und seine Mutter, und an seine Brüder und Schwestern und an die Vettern und Basen und an die ganze Verwandtschaft und an alle Leut im Dorf und hat dann die Leut beim Wirt in Olchstadt angeschaut. Lang hat er sie angeschaut.

Dann hat er's denen aber gesagt: »Dersell«, hat er gesagt, »der wo kein Kropf nicht hat, dersell ist allemal ein Krüppl!«

So, jetzt wissen's die von Olchstadt!

DAS KINDL

Die Heggerin von Heggersreuth hat zwei Dirndln gehabt, ein sauberes und ein wüstes. Aber keinen Mann hat sie nicht mehr gehabt, die Heggerin, weil der ihrige in der Amper ersoffen ist, wie sie so hoch gegangen ist.

Hätt aber ein Mann hingehört auf den Hof der Heggerin und zwei hätt der Hof auch noch nähren können und ein Dutzend Kinder auch noch dazu. Ein schöner Hof, der Heggerhof. Aber warum soll die Heggerin noch einmal heiraten, wann die Dirndln schon im Alter sind und wann die Brautwerber schon zum Anfragen kommen wegen der Dirndln? Hoppla! Nur wegen der einen kommen sie zum Anfragen, wegen der Sauberen; wegen der Wüsten hat noch gar keiner nachgefragt.

»Also«, sagt die Heggerin zu der Sauberen, »Madl, und jetzt wirst einen Mann kriegen!«

»Ich mag aber keinen Mann nicht!« sagt die Saubere, »und ich geh ins Kloster und will eine Klosterschwester werden mit der weißen Hauben.«

Gut, so muß halt die Wüste heiraten. Aber die Brautwerber kehren wieder um, wie sie das hören und sagen, die kannst schon behalten, die ist uns zu wüst.

Da hat der Knecht gesagt, der schon neun Jahr auf dem Heggerhof dient: »Gibst sie halt mir, wann sie keiner nicht mag!«

Die Heggerin hat sich denkt: es mag sie kein anderer nicht und der Knecht ist mir auch lieb und wert, weil er ein fleißiger ist und weil er aufs Sach schaut und warum soll denn das Madl keinen

Mann nicht kriegen? Lieber also einen Knecht als wie gar keinen!

Und so ist der Knecht halt Heggerbauer geworden.

Ist ein Jahr vergangen, aber die Wieg ist noch sauber unterm Dach gestanden. »Rührt sich noch nix?« hat die Heggerin immer wieder gefragt.

»Es rührt sich halt nix!« hat der Knecht gesagt. »Soviel gern täten wir halt einen Buben kriegen, es ist ja auch wegen dem Sach, das muß halt einmal ein Bub erben, meinst nicht auch, Heggerin?«

Da hat die Mutter die wüste Tochter genommen und ist mit ihr auf die Wallfahrt gegangen zum heiligen Berg Andechs.

»Ja«, hat der Meßner gesagt, »tragts das Anliegen nur vor und eine vierpfündige Kerzen muß halt her, dann wird's schon erfüllt werden.«

Gut, sie tragen ihr Anliegen vor, opfern die vierpfündige Kerzen und gehen wieder heim.

Über's Jahr sind sie wieder da.

Gleich hat sie der Meßner wieder erkannt. Und sagt zu der Heggerin: »Hat sie alsdann geholfen, die heilig Mutter?« (Denn wann die Erfüllung geschehen ist, dann muß er es gleich dem Pater melden und dann kommt es in das heilige Mirakelbuch hinein.)

»Ja«, sagt die Heggerin und schnauft völlig hart, »geholfen hätt's schon, aber wir müssen die Bitt halt falsch fürbracht haben: justament die Unverheirat ist erhört worden.«

DER HENNENDRECK, DER SCHIABT, DER HONIG, DER ZIAHGT!

Der Schmied Xaverl, der ist ein Fünfundzwanziger geworden, ehbevor ihm nur ein Härl auf den Lippen gewachsen ist. Die mit ihm bei der Militari gedient haben, der Fischhaber Anderl und der Gori Sepp, die haben schon Schnauzbärt unter der Nasen gehabt, daß es schier wüst ausgesehen hat und hast gemeint, es hat ein jeder ein paar Eichkatzeln geschnupft und die Schwänz von den Eichkatzeln haben in den Nasenlöchern nimmer Platz gefunden und hängen jetzt buschig herunter und warten, bis sie hinaufgeschnupft werden. Aber der Xaverl: kein einziges Härl im Gsicht!

»Wann man nur ein einziges sehn tät und sagen könnt, der Xaverl kriegt einmal Federn oder gar Haar«, hat die alte Schmiedin geschimpft, »dann tät ich ja nix sagen, aber kein einziges Haarl!«

Den Anderl und den Sepp haben die Mädel gern am Kammerfenster gesehen. Aber der Schmied Xaverl, der hat nicht ans Fenster kommen dürfen, der mit seinem Milchgesicht, das man von einem Sitzfleisch nicht unterscheiden kann.

Geht der Xaverl einmal zum Bader Flinserer, der für alles ein Mittel weiß, und vertraut ihm an, daß ihm kein Schnauzbart nicht kommen mag.

»Pfeifst ihm halt«, sagt der Flinserer, »vielleicht kommt er aufs Pfeifen!«

Seinen Witz tät er nicht brauchen, sagt der Xaverl, aber seinen Verstand und seine Künst'.

Der Bader: »Hm, hm! Das ist aber ein anderst schwerer Fall. Da gibt's halt nur ein Mittel, und das mag halt nicht ein jeder gern nehmen.«

Der Xaverl: er tät alles nehmen, und wann der Teufel in dem Mittel drinsitzen tät!

»Hm, hm!« sagt der Bader, »dann will ich dir's halt anvertrauen. Das hab ich erst in einem alten Buch gefunden, das Mittel. Und in dem alten Buch, da heißt's:

der Hennendreck, der schiabt,
der Honig, der ziahgt!

Das heißt aber so: wannst ins Bett gehst auf die Nacht, alsdann mußt einwendig an den Lefzen den Hennendreck einschmieren und über die Nacht drinlassen und auswendig einen Honig. Der Hennendreck, der schiebt und schiebt und schiebt, und wann die Haar ein bissel durchgeschoben sind durch die Haut, dann packt sie der Honig gleich beim Spitzl und zieht und zieht und zieht. Und auf einmal, da ist der Schnauzbart da als ein ganzer.«

Der Xaverl hat nicht viel drauf gesagt und ist heimgegangen. Einwendig einen Hennendreck, nein, das kann er gar niemals nicht machen. Und auswendig einen Honig – warum nicht ein-

wendig den Honig? Vielleicht hat der Bader das alte Buch doch falsch gelesen!

Und schmiert den Honig einwendig ein und den Hennendreck auswendig.

Nicht ist ihm der Bart gewachsen! Der Xaverl kommt zum Flinserer und sagt: »Du, Bader, mit deinem Mittel ist's aber nix!«

»Hoho!« sagt der Bader, »das wär mir noch schöner, wann meine Mittel auf einmal nix mehr taugen täten! Da hast du aber eine scharfe Lug gesagt und der Sparifankerl wird dir in der Höll schon einheizen dafür. Und jetzt machst mir aber dein Maul auf, daß ich seh, wo die Lug hergeflogen ist.«

Gut, der Xaverl macht sein Maul auf und der Bader hebt die Lefzen auf und schaut sie ganz genau an. »Du bist mir aber ein Lump, du! Du hast ja den Honig einwendig geschmiert, du!«

Ja, da hätt er den Flinserer halt falsch verstanden, sagt der Xaverl. Oder hätt der Bader nicht so gesagt:

Der Honig, der schiabt,

der Hennendreck, der ziahgt!

»Umkehrt ist auch gefahren!« sagt der Bader. Wann der Xaverl nicht mögen tät, dann soll er halt ohne Bart umeinanderlaufen!

Aber in derselben Nacht hat's der Xaverl wieder mit dem Fensterln probiert und hat bei der Brettschneider Kathrein ihrem Fensterl angeklopft.

Wer draußen wär?

Der Xaverl wär halt draußen!

Der Xaverl – dann soll er sein Milchgesicht nur gleich wieder heimtragen zu seiner Mutter. Und Kinder gehören ins Bett auf die Nacht.

Da ist der Xaverl heim und hat die Hennen aus dem Schlaf geweckt und hat in der Hennensteigen eine Hand voll Mist zusammengeklaubt und der Gockel hat immer geschrieen:

»Gickericki!

Mein Dreck, der bleibt hie!«

Aber der Xaverl hat ihn doch weggenommen und ist in seine Kammer und hat mit der Einsalberei angefangen, auswendig den Honig und einwendig den Dreck. Leut, das ist dir aber ein schweres Stück Arbeit gewesen!

Und vierzehn Täg lang so weiter: auswendig den Honig, aber einwendig den Dreck!

Meinst, der Bart wär ihm gewachsen? Nicht um die Welt und noch drei Häuser, der Bart ist ihm nicht gewachsen. Da ist der Xaverl zum Bader: »Bader, du bist mir aber ein rechter Lump – kannst du einen Bart sehen?«

Wann er in den Spiegel schaut, könnt er einen Bart sehn, und wann er in das Wirtshaus ging, dann könnt er einen Bart sehn, sagt der Bader.

Ja, aber ob er bei ihm einen Bart sehn könnt? sagt der Xaverl. Wo er an die vierzehn Täg gutding an die zehn Händ voll Hennendreck hingeschmiert hätt!

»Und wo hast ihn hergenommen, denselbigen Dreck?«

»Wo werd ich ihn hergenommen haben – einen jeden Tag schön frisch aus der Hennensteigen!«

»Ah, wann's so ist!« sagt der Bader und schüttelt den Kopf, »das ist halt freilich nicht richtig! Da wird halt der Gockel den seinen auch dabei haben!«

DER LINK' SCHÄCHER

Im Jahr 1860 hat der Hacker Jörgele den linken Schächer spielen dürfen beim Oberammergauer Passionsspiel, weil er ein ganz Verwilderter gewesen ist und ein so schiaches G'schau gehabt hat, zum Fürchten schiach.

Und ein recht Unbändiger ist er auch gewesen; deswegen haben sie ihn immer recht fest ans Kreuz gebunden, daß er sich ja nicht hat loßreißen können und Sachen anrichten in seinem Unverstand. Ein biss'l ein Dalketer ist er auch gewesen, der Hacker Jörgele.

Und wie sie ihn wieder einmal recht malefizisch ans Kreuz hingebunden haben, da ist's ihnen im Eifer gar nicht aufgefallen, daß der Jörgele immer noch die Pfeif' im Maul gehabt hat, die Pfeif', aus der er den ganzen lieben Tag raucht und ohne die er einmal nicht leben mag.

Ist schon zu spät gewesen, wie sie's gemerkt haben, der Vorhang ist grad aufgegangen.

»Jörgele, tu die Pfeif' aus dem Maul!« hat der Spitzer Anderl gewischpert, der den Hauptmann Longinus mit der Lanzen gemacht hat.

»Kann nit – soviel fest bin ich gebunden – höllsaggra, und ich kann nit!«

Die Worte sind ihm ganz undeutlich herausgegangen, weil er

mit den Zähnen die Pfeif' hat halten müssen, der Jörgele. Aber an den Stricken hat er zogen wie ein Wilder – haben aber seine Müh' schon ausgehalten.

»Die Pfeif'!« hat der römische Hauptmann Longinus wieder gesagt.

»Wann ich die Händ nicht losbring!« zischt der Jörgele.

Bis dahin hätt's das Publikum noch gar nicht gemerkt, weil sie alle den Christus angeschaut haben. Aber da hat's den Jörgele mit dem Reden getroffen und da muß er die zwei schönen Vers hersagen:

»Bischt du der Gottessohn,

Wo uns nicht helfen konn – – saggra, saggra, iatzt ischt die Pfeif' auch beim Teifl!«

Recht hat er, der Hacker Jörgele: die Pfeif' ist ihm außerg'schloffen und den Pfeifenkopf hat's in drei Trümmer gehaut.

Anhang

MICHAEL STEPHAN

Nachwort

D ie Schnurren des Rochus Mang« erschienen erstmals 1910 in
der Verlagsgesellschaft München (Berthold Sutter Verlag),
ein Jahr nachdem dort Queris Erstling »Die weltlichen Gesänge
des Egidius Pfanzelter von Polykarpszell« veröffentlicht worden
war. In dieser Erstausgabe von 1910 ist ein Vorsatzblatt eingebun-
den, das sehr schön Queris Naturell charakterisiert und seine stän-
digen Geldsorgen belegt. Es zeigt – auf Briefpapier des Verlags mit
aufgedruckter Adresse – eine Karikatur des »Autors« (so die Bild-
unterschrift), wohl von Karl Arnold, der auch den Buchumschlag
gestaltet hat. Queri ist mit seinem typischen kugeligen, kurz ra-
sierten Schädel dargestellt, auf der etwas versoffenen Nase ein
Zwicker, darunter ein pinseliger Seehundschnurrbart; die Hände
stecken trotzig in den Hosentaschen. Über die Karikatur hat Queri
eigenhändig folgende Zeilen geschrieben: »Bestätigt hiermit siebzig Mark von der Verlagsgesellschaft München, G.m.b.H., als Vor-
schuß erhalten zu haben. – 30. März 1909 – Georg Queri.«
   Besser ins Geschäft kam Georg Queri mit dem Verleger Rein-
hard Piper, der 1904 in München seinen Verlag gegründet hatte.
Sie lernten sich 1909 kennen, und Piper eröffnete daraufhin mit
Queri die bayerische Ecke seines weiten Verlagsspektrums, zu
dem seit 1912 auch der Almanach »Der Blaue Reiter« gehörte. Piper sorgte für Neuauflagen der bereits in der Verlagsgesellschaft
erschienenen Bücher und bot Queri ein Forum für seine volkskundlichen Arbeiten »Bauernerotik und Bauernfehme in Oberbayern« (1911) sowie »Kraftbayrisch« (1912).
   So erschienen dort 1911 auch in Neuauflage die »Schnurren des
Rochus Mang«, nun mit vielen weiteren Bildern von Karl Arnold.
Den 52 dort versammelten Geschichten hat Queri eine Einführung vorangestellt, datiert »Starnberg, im Sommer 1911«. Dort
beschreibt er den fiktiven Erzähler, den Rochus Mang, als eine
Type mit der »Lust zum Fabulieren«. Er ist ein »Repräsentant

für die Klasse von altbayrischen Bauern«, der in Tausenden von Exemplaren existiert. Aber Queri, der aus einem alten Bauerngeschlecht stammte und die Lebensverhältnisse auf dem Lande bestens kannte, vermag so zu erzählen, als wäre er selber so ein Rochus Mang. Schon in seinen »Weltlichen Gesängen« hat er auf ähnliche Weise sich in eine Bauernseele hineinversetzt (in diesem Fall in die des Egidius Pfanzelter) und so die polternden krummen Polykarpszeller Verse geschrieben.

Wenn es im Titel heißt, die Schnurren seien »dem Volksmund nacherzählt«, so trifft das zwar zu. Entscheidend aber ist, mit welcher Erzählergabe Queri diese Geschichten entwickelt, wie geschickt er die Dialoge setzt und wie er diese Schnurren exakt auf den Punkt bringt. Man kann sich lebhaft vorstellen, wie Queri selber seine Geschichten zum Besten gegeben hat. Nicht umsonst hat Queri in die Erstausgabe der »Weltlichen Gesänge« von 1909 folgenden Vermerk drucken lassen: »Das Recht des öffentlichen Vortrags dieser Gedichte behält sich der Autor vor.« Wie groß die Wirkung des öffentlichen Vortrags auch seiner Geschichten ist, erlebe ich selber immer wieder auf meinen Queri-Lesungen mit dem großartigen Sprecher Bernhard Butz.

In seiner Einführung zu den »Schnurren des Rochus Mang« sagt Queri auch ein paar Worte zur Gattung der Schnurre. Diese kurzen, unterhaltsamen und spaßigen Erzählungen sind Anekdoten, Schwänke oder Lausbubengeschichten, sie behandeln keine weltbewegenden Geschehnisse; Rochus Mang bleibt »völlig im Horizont des Gemeinwesens seines Dorfes«. Zu dieser Bodenständigkeit kommt aber das Bedürfnis hinzu, »sich im derben Scherz an Lebensmeinungen, an der Gesellschaftsordnung, an Moralthesen, am Stumpfsinn und an der Dummheit zu reiben.«

Und dann kommt Queri auf sein Lieblingsthema zu sprechen: auf das erotische Element. Das hat er zuvor schon beim Brauch des Haberfeldtreibens, besonders in den deftigen Habererversen, entdeckt. Fleißig hat Queri auch erotische Schnaderhüpferl gesammelt, die in den üblichen purifizierten Sammlungen immer fehlen. Beides bringt er in einen sachthematischen Zusammenhang, was im Frühjahr 1911 in seine fast wissenschaftliche Arbeit »Bauernerotik und Bauernfehme in Oberbayern« mündete. Im dortigen Vorwort betont er den »Ernst der Arbeit«, der im schönen Kontrast an der »Lust zum Fabulieren« bei den »Schnurren des Rochus Mang« steht. Hier das erotische Volkslied, nun die erotische Schnurre. Es wäre schon ein großer Verlust gewesen, wenn Geschichten wie die »Vom Hirnpecker« aus moralischen Bedenken nicht weitererzählt worden wären.

Queri blieb der Gattung Schnurre – trotz vieler anderen Arbeiten – treu. In dem Ende 1912 bei Piper veröffentlichten »Bayrischen Kalender auf das Jahr 1913« nahm Queri nicht nur Wetterregeln, Bauernweisheiten, astrologische Hinweise, Tipps für Lottospieler, Sketche und Schnaderhüpferl auf, sondern auch zehn »Neue Schurren«. 1914 folgte der Sammelband »Von kleinen Leuten und hohen Obrigkeiten« mit dem Untertitel »Hundert Späße«, was synonym für Schnurren steht. 1935 brachte der Leipziger Staackmann Verlag posthum einen umfangreichen Band »Schnurren und Späße« heraus, der auch einige unveröffentlichte Arbeiten aus Queris Nachlass enthielt. In traurigen Zeiten musste Queri damit auch noch für eine Feldpostausgabe herhalten, die 1944 in hoher Auflage von 36.000 Exemplaren hergestellt wurde.

Queri war ein Erzählgenie des Bairischen, der zum Vorbild für andere Autoren wurde. So hat der erst 18 Jahre alte Oskar Maria Graf (1894–1967) bereits Anfang 1912 ein Manuskript von Schnurren an den Verleger Piper geschickt, die er Queri »in tiefster Ehrfurcht« gewidmet wissen wollte. In seinem Buch »Das bayrische Dekameron" (1927), einer Sammlung von erotischen Schnurren, hat er dann – sozusagen als stilles Zitat – die Geschichte »Vom Hirnpecker« übernommen, ohne allerdings Queris Vorlage zu nennen (als Untertitel heißt es nur: »einer alten Schnurre nacherzählt«).

Auch Wilhelm Diess (1884 1957) mit seinen »Stehgreifgeschichten« (1936) oder Wugg Retzer (1905–1984) mit seinem Sammelband von Bauerngeschichten mit dem Titel »Der Stier von Pocking« (1969) gehören unbedingt in diese Tradition. Alle diese Autoren kamen wie Queri aus der Mündlichkeit und waren begnadete Erzähler. Vielleicht sollte man sie deshalb nicht als »Schriftsteller«, sondern besser als »Sprechsteller« bezeichnen. Eine solche Zuschreibung hätte sicher auch Queri gut gefallen!

Editorische Notiz

Das Buch »Die Schnurren des Rochus Mang, Baders, Meßners und Leichenbeschauers zu Fröttmannsau nacherzählt von Georg Queri« erschien erstmals 1910 in München in der Verlagsgesellschaft München (Berthold Sutter Verlag) in einer Auflage von 4000 Exemplaren. Die Erstausgabe enthält eine Karikatur des Verfassers (wohl von Karl Arnold, der auch den Umschlag gestaltete). Unsere Ausgabe folgt in Orthographie und Interpunktion der Neuauflage im Verlag R. Piper & Co. München aus dem Jahr 1911, die eine Einführung von Georg Queri sowie zahlreiche Bilder von Karl Arnold enthält. Offensichtliche Druckfehler wurden stillschweigend berichtigt. Die Illustrationen der 2. Auflage wurden übernommen.